JN097356

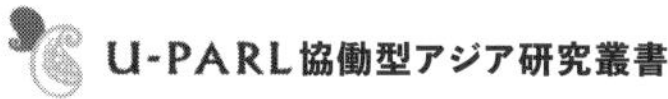

U-PARL協働型アジア研究叢書

U-PARL
東京大学附属図書館アジア研究図書館上廣倫理財団寄付研究部門
荒木達雄……［編］

なぜ古い本を網羅的に調べる必要があるのか

漢籍デジタル化公開と中国古典小説研究の展開

文学通信

目次

第I部　『水滸伝』版本研究から何がわかるのか

（1）近代的読書の条件

A．大量複製技術、つまり印刷術の存在

B．大衆読者の存在

C．大衆が理解しうる書記言語の存在

（2）近代的読書はどのようにして始まったのか

2．『水滸伝』版本研究はなぜ不可欠なのか

（1）白話文学研究における版本研究の意義

（2）白話文学の版本研究・校勘作業から何がわかるのか

A．版本間の関係を明らかにすることができる（書誌学・出版史に関わる問題）

B．本文の成立と変貌の過程を明らかにすることができる。
換言すれば、テクストの生成過程を解明する手段となりうる。（文学的問題）

B―1．話法の整理　第三十五回、宋江が呂方と郭盛を和解させる場面

B―2．表現の洗練と性格表現の追加

B―3．金聖歎本における書き換え
①第七十一回後半以降の削除　②詩詞韻文の全面的な削除　③本文の改変

C．白話文の成立過程を跡づけることができる（語学的問題）

3．結び

付　水滸伝版本簡易分類表

第Ⅱ部　ディスカッション

第Ⅲ部　講演をめぐる討論会

刊行の辞

東京大学附属図書館アジア研究図書館上廣倫理財団寄付研究部門（略称、U-PARL）が産声を上げて八年目を迎える。一期五年の約束で寄付を頂戴し、アジア研究図書館の寄付研究部門として活動を続けている。第一期はアジア研究図書館の構築支援を大きな目標に掲げていたが、第二期に入り、少しずつ協働型アジア研究に重点を移しつつある。令和二年十月一日にアジア研究図書館の開館を迎え、ようやくあらたな図書館が、名実ともに動き出したことに伴う変化である。

本寄付研究部門の立ち上げには、第二十九代浜田純一総長、末廣昭社会科学研究所長、古田元夫図書館長、羽田正東洋文化研究所長、小松久男人文社会系研究科長（当時）らの尽力があったと聞くが、とにかくU-PARLは、アジア研究図書館の構築支援を目指して活動を展開してきた。第一期は独自分類の作成など、研究図書館にふさわしいものを構築するために時間を費やした。これに対して、第二期はほぼハードの部分は整いつつあるので（もちろん、蔵書構築など継続的な支援も存在するが）、ソフト面の充実を図るべく努力を重ねているところである。

そのソフト面の充実で柱になるものが協働型アジア研究である。これは財団との覚書の中にも明示された事業の第一の柱である「協働型アジア研究の拠点形成」に基づく研究活動である。ともすれば、図書館は資料を収集・保存し、研究の便に供する機関であると認識されることが多いが、本学のアジア研究図書館は、それだけに留まらず、関係する研究者たち自らの研究と研究者・院生等の方々の研究支援を視野に入れて動き始めている。研究面ではもちろん、研究のための結節点（私たちはハブと呼んでいる）となることも視野に入れている。

では、そのハブになるためにはどうしたらよいか。必然的に導き出されたものは、私たち寄付研究部門の研究に携わる者が、それぞれ拠点の中心になることであった。こうして、「協働型アジア研究の拠点形成」が目的の中に謳われ、「協働型アジア研究」が、寄付研究部門の行うべき任務の一つの柱になったのである。それはまた、アジア研究図書館の遂行する活動の一翼でもあると位置づけられる。

さて、今般は荒木達雄特任研究員が立ち上げた協働型アジア研究「東京大学所蔵水滸伝諸版本に関する研究」の研究成果がまとまり、上梓される運びとなった。これは、漢字文化圏に広く流布した明代の小説、『水滸伝』の諸版本に関する詳細な研究である。『水滸伝』の「滸」はほとりの意味であり、文字通り水のほとり（小説の中では山東省にある梁山泊と呼ばれる広大な湖沼である）での物語であるが、荒木研究員はその流布と受容に関心をもっていると側聞する。東大に所蔵される諸版本に関する研究の成果を一書にまとめたものであり、また令和二年に開催されたシンポジウム（アジア研究図書館、東アジア藝文書院、ヒューマニティーズセンター、U-PARL の共催）の登壇者が中心となって研究をまとめたものでもある。

本書の公刊が為されることは望外の喜びである。なお、この協働型アジア研究は今後も継承されていくことが望まれる。その成果も一つのシリーズとして位置づけることが望ましいと考え、「U-PARL 協働型アジア研究叢書」と命名させていただいた。この部門が続く限り、この叢書が続いていくことを念願する次第である。

令和三年六月吉日　識す

U-PARL 部門長　蓑輪顕量（大学院人文社会系研究科教授）

はじめに――資料デジタル化のさらなる可能性を探るために

上原究一（東京大学東洋文化研究所）

本書の背景

本書は二〇二〇年八月八日のオンラインシンポジウム「漢籍デジタル化公開と中国古典小説研究の展開」を書籍化したものです。このシンポジウムは、東京大学附属図書館アジア研究図書館の開館プレイベントの一環として、アジア研究図書館と、東京大学附属図書館アジア研究図書館上廣倫理財団寄付研究部門（U-PARL）との共催で開催されました。もともとは同年三月二十一日に本郷キャンパスで開催すべく企画していたのですが、新型コロナウイルスの流行により延期を余儀なくされ、改めて八月にオンラインに切り替えて開催した次第です。

このシンポジウムからほどなく二〇二〇年十月一日に開館したアジア研究図書館は、これまで学内の各部局がバラバラに所蔵してきたアジア研究に関する図書や資料を可能なかぎり集中運用することで、利用者に対して効率的な図書館サービスを提供することを第一の目標としています。しかし、アジア研究図書館は単に資料の置き場に留まるものではありません。むしろ、豊富かつ良質な収蔵資料の数々を媒介として、それらを研究に利用しようとする人と人とをつなぎ、新たな研究の萌芽を促すハブ的な場としての役割を担う――そういった文字通りの「研究」図書館として機能することこそが進んだ先の目標なのです。そして、その趣旨にご賛同いただいた公益財団法人上廣倫理財団のご寄付によって、アジア研究図書館の構築支援および開館後の研究活動の推進などを目的として、二〇一四年に設立された寄付研究部門がU-PARLです。

そのU-PARLの活動の一環として、「アジア研究図書館デジタルコレクション」と題して、東京大学の所蔵するアジア関連の稀覯資料のデジタル化公開を行っています。物理的に一か所に集約するのが難しい学内各部局の貴重書をウェブ上で同時に並べて閲覧できるようにする試みであり、その対象資料には漢籍——中国の古典籍——が多いのですが、中でも総合図書館・文学部漢籍コーナー・東洋文化研究所といった学内のさまざまな部局がそれぞれ稀覯版本を所蔵している中国の古典小説『水滸伝』諸本の画像公開に力を入れており、二〇一九年から「水滸伝コレクション」というコーナーを設けました。二〇二〇年からは、U-PARL協働型アジア研究企画のひとつとして、「水滸伝コレクション」で公開する資料の一層の活用を図るべく、学内外の『水滸伝』研究者を中心に、関連する他の分野の研究者にもご参加いただいた研究班を立ち上げています。

アジア研究図書館のお披露目のシンポジウムを企画するに当たり、まさしく「資料を媒介に人と人とをつなぐ」活動を実践しはじめたばかりであった、この『水滸伝』研究班に白羽の矢が立ちました。『水滸伝』の古い本などあちこちにたくさん残っているのに、どうしてそれらをできる限り網羅的に調査する必要があるのか。その調査によっていったいどういうことが見えてくるのか。これは裏を返せば、こういった資料をデジタル化公開する意義とは何なのか、ということにもなるでしょう。さらには、デジタル化の波はそのような中国古典小説研究の在り方をどう変えるのか、あるいは変えないのか。そうしたことについて、研究班のメンバーを中心とする第一線の中国古典小説研究者の方々にお話しいただいて、他の研究分野の研究者や一般の方々と認識を共有し、資料デジタル化のさらなる可能性を探る機会としようではないか、というのがシンポジウムの趣旨となったのです。そして、より広く「人と人とをつなぐ」ことを意識して、同じく東京大学に置かれている文系の研究プロジェクトである東京大学ヒューマニティーズセンターと東京大学東アジア藝文書院とにご協力をお願いし、中国古典小説とは異なる分野のコメンテーターをお一人ずつご推薦いただきました。

本書のテーマと構成

『水滸伝』は、十二世紀初頭の北宋の末期を物語の舞台として、梁山泊という山寨に集った百八人の英雄豪傑が活躍する架空のお話で、南宋の早い時期から語り物やお芝居などさまざまなジャンルで人気を博して多彩な発展を遂げた末に、明の時代に白話文——一般に口語体であると認識されている文体です——で書かれた長篇小説として、今日に伝わる形を成した通俗文芸作品です。『三国志演義』『西遊記』『金瓶梅』と並ぶ中国古典小説の四大奇書として名高い作品ですが、その中でも、成立時期の早さにおいても、後世への影響力においても、明代や清代における出版点数においても、今日に至るまでの各時代における人気においても、いずれも『三国志演義』と一、二を争うものです。『三国志演義』は部分的に白話文も用いられてるものの、主として平易な文言文——伝統的な文語体——で書かれているため、『水滸伝』こそが本格的な白話文による最初の長篇小説だと位置付けられます。

『水滸伝』の成立が具体的にどのくらいの時期だったのかには諸説ありますが、本シンポジウムの登壇者の間では、十六世紀の前半にはほぼ今日に伝わる形になっていたであろうという認識がおおむね共有されているかと思います。現在モノとして残っているのは十六世紀中頃以降に木版印刷によって出版された本で、それも年代の古い本は部分的にしか残っていなかったり、全部が残っていても出版時点で文章が簡略化されたものだったりしますので、簡略化されていない文章を完備する本となると、一六一〇年の序文を持つ容与堂本と呼ばれる本が、現存が確認されている最古のものだというのが長年の定説です。

では、『水滸伝』を研究する上でその容与堂本というのだけを読めばよいのかというと、まったくそうはいかないのです。現存している多様な版本（エディション）を、とことんまで網羅的に調べなければなりません。なぜそういうことになるのか。また、通俗文芸作品などと言うとしかつめらしくも聞こえますが、今日で言えばまず漫画に相当するような性格のものです。そのような作品である『水滸伝』を研究することに、一体どのような意義があるのか。そして、その研究に資料のデジタル化はどう関わってくるのか。本書は三部構成でこうしたテーマに迫ります。

第Ⅰ部はシンポジウム当日の講演のうち、講演者のご協力を得られたものを文章化いたしました。当日はまずU-PARLの『水滸伝』研究班に共同研究員として学外から加わっている小松謙さんと中原理恵さんに、それぞれ『水滸伝』の版本研究に関わるご講演をいただきました。続いて、U-PARLの『水滸伝』研究班の代表である荒木達雄さんより、デジタルコンテンツ「水滸伝コレクション」の現状と展望をご紹介いたしました。そして、より広くデジタル化資料の中国古典小説研究への活用という視点から、研究班のメンバーではない中川諭さんにもご講演をいただきました。本書には、このうち小松さん、荒木さん、中川さんの講演を収録いたしました。各講演のより具体的な位置付けや登壇者の経歴は、当日の司会を務めた私からのご紹介を元に、各章の冒頭に記しております。残る中原さんの講演については、読者の皆様には誠に申し訳ございませんが、諸般の事情により、講演前後の司会のまとめのみを掲載する形となってしまいました。

第Ⅱ部は、シンポジウム当日にコメンテーターとしてご登壇いただいた中島隆博さんと一色大悟さんのコメント、およびそれに続く登壇者全員でのディスカッションを文章化したものです。さらに、講演やディスカッションと並行してチャット形式で行われていた参加者と登壇者との質疑応答の一部を編集して収録しました。ここまででシンポジウム当日の空気をご体感いただけるかと思います。

第Ⅲ部は、シンポジウムの翌月にU-PARL『水滸伝』研究班のオンライン会合で実施した、本シンポジウムを受けての討論会を文章化したものです。ざっくばらんに思い付きを述べ合った場ですので、ここで示されたアイデアがこれから本当に形になるかどうかは定かではありませんが、より多くの研究者からシンポジウムで取り上げた諸問題への感想が寄せられ、今後の研究の可能性が示唆されています。

最後に**付録**として、『水滸伝』の古い本というのが具体的にはどういうものなのかに触れていただくべく、本書の刊行時点で全文画像がデジタル公開されていることを確認できた清代までの『水滸伝』諸本のリストを掲載しました。インターネットにつながりさえすれば無条件で閲覧可能なものばかりですので、ぜひアクセスしてみていただければと存じます。

さてはて、数百年前の書物を対象とした研究と、二十一世紀ならではのデジタル化の波とは、一体どのように結びつくのでしょうか。まずは本書の説き明かしをご覧あれ。

U-PARL とは

東京大学附属図書館アジア研究図書館上廣倫理財団寄付研究部門 Uehiro Project for the Asian Research Library（U-PARL）は、公益財団法人上廣倫理財団の寄付を得て 2014 年 4 月に附属図書館に設置された研究組織です。

〔1〕協働型アジア研究の拠点形成
　(→プロジェクト一覧　http://u-parl.lib.u-tokyo.ac.jp/ja/about-ja/studies)

〔2〕研究図書館の機能開拓研究

〔3〕人材育成と社会還元

〔4〕アジア研究図書館の構築支援

の 4 つを部門のミッションとして掲げ、積極的な活動を行っております。

ウェブサイト

http://u-parl.lib.u-tokyo.ac.jp/

ACCESS

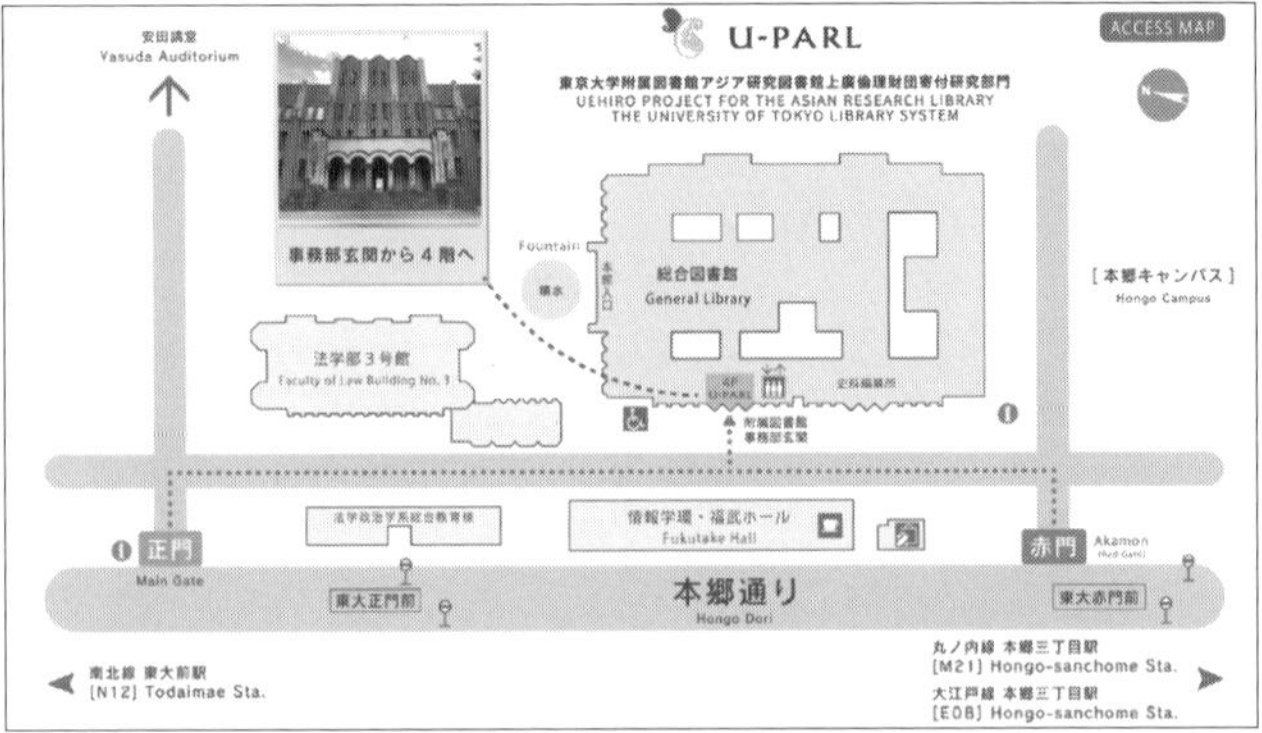

第Ⅰ部　『水滸伝』版本研究から何がわかるのか

○東京大学アジア研究図書館デジタルコレクション『鍾伯敬先生批評水滸伝一百巻一百回』[A00267-01]（2コマ目）より

1　『水滸伝』版本研究から何がわかるのか
——白話文学における校勘の意義

小松　謙（京都府立大学）

【司会より】

まずは、京都府立大学教授の小松謙さんに、本シンポジウム全体のテーマでもある、どうして『水滸伝』の古い本を網羅的に調べる必要があるのか、それによって何がわかるのか、といった大きな視点からのお話をしていただきます。小松さんは中国古典小説および戯曲研究の大家で、『「四大奇書」の研究』（汲古書院、二〇一〇年）や『中国白話文学研究——演劇と小説の関わりから』（同、二〇一六年）など、大変多くのご著書があります。中でも『水滸伝』は得意中の得意とされており、近く『水滸伝と金瓶梅の研究』という研究書も出されるとのこと（汲古書院、二〇二〇年に刊行済）。このテーマでお話しいただくにはこれ以上ない方です。それではどうぞよろしくお願いします。（上原究一）

はじめに

漢籍デジタル公開により、いろいろな版本(はんぽん)をいながらに見ることができるという、これは私ども版本研究をしている者にとっては大変な朗報であるわけです。『水滸伝』の成立年代は大変古いんですが、問題になりますのは、そんな古臭いもの——実際古い本は文字通りカビが生えているわけです——を研究することに何か意味があるのかということです。しかも版本研究というのは、たとえばここところの文字が違うとか、そういう些細な違いを調べていくことなんです。そんなことをして何か意味があるのかと疑問を持たれる方は多いと思います。もちろん『水滸伝』が大好きという人なら、そういうことをやるのは全然問題ないとおっしゃるでしょうが、『水滸伝』に興味がない人からすると、そんなことやって何になるのと思われる方が多いのではないでしょうか。しかし、実は『水滸伝』の版本研究からは大変多くの情報を引き出すことが可能で、その及ぶ範囲は、語学——文学だけではありません——さらに歴史学・社会学など、各方面にまで広く及ぶのです。ここでは特に長年考えている読書とは何かという問題を主に取り上げながら、そのことを説明していきたいと思います。

1. 近代的読書とは?

いま現在、趣味は読書というのはごく普通のことです。たとえば私は文学部の教員ですから、趣味が読書というと「それって仕事じゃないの?」と言われるんです。でも違うわけです。つまり、私にとっては本を読むのは喜びでありまして、仕事に直結するものではありません。時々読んだものが仕事に役立つこともありますが、あくまで楽しみとして読んでいます。

ところが、昔の中国――というか中国ではなくても――では、「読書」の意味が違っていたのです。読書が楽しみのための本を読むことを意味するようになったのは、そんなに古いことではないでしょう。中国語では「読書」を「读书」といいます。たとえば中国の人が「我在日本读书」＝「私は日本で読書しています」と言うと、「日本で本を読んでいます」という意味にはなりません。「日本で勉強しています」「日本に留学しています」といった意味になります。つまり「読書」というのは、もともと中国では「勉強」を意味する言葉だったということです。中国に限らず、世界各国でも、読書という行為はもともと勉強、学問を意味するものであったはずで、娯楽ではありませんでした。

たとえば、中国でいえば唐代伝奇とか、古くはローマ帝国では『サテュリコン』とか、日本ですと紫式部の『源氏物語』があります。これらを読むのは娯楽だと思われるかもしれません。実際、『更科日記』を書いた菅原孝標の娘は、『源氏物語』が欲しい、読みたいと言って、ものすごくそれに浸って楽しんでいた。間違いなく娯楽的に享受していたわけです。しかし、そこで考えないといけないのは、菅原孝標の娘というのはどんな人だったのかということです。自分では身分が低いと言っていますが貴族です。つまりエリート中のエリートであるわけです。『サテュリコン』の作者・ペトロニウスという人も暴君ネロの側近だった、非常に上品な趣味で知られた人物でした。唐代伝奇の作者も当時の一流の知識人が大部分です。ここからわかるのは、つまり「読書」は確かに娯楽的な意味も持っていたけれど、あくまで知的エリートの範囲の中だけで受け入れられていたものだったということです。

私たちがいう「読書」は違います。それは不特定多数の者が本を読んで楽しむということです。一般の人間が本を読むことによって、新たな意識を持ち始め、そこから市民革命などが起きて、というところを考えていくと、近代社会が成立する上で、近代的な読書の成立というのはこの上なく重要な問題です。この問題について考える上で、『水滸伝』の版本研究が役に立つのです。

（1）近代的読書の条件

一体どういうことか説明したいと思います。近代的読書の条件は次の三つです。

1. （主体）不特定多数の読者が
2. （対象）不特定多数の読者を対象に刊行された書籍を
3. （目的）楽しみを目的として読む

第一の条件として、不特定多数の読者が読むということがあります。第二に、ここで（対象）としたのは読む対象、つまり本のことですが、不特定多数の読者を対象に――対象が二つあってややこしくて申し訳ありません――、刊行された本を読むということ。そして三つめは、勉強ではなく楽しみを目的として読む。これが基本的に近代的読書の条件になると思われます。では、どうすればこの三つが成り立つのでしょうか。

A．大量複製技術、つまり印刷術の存在

一番目には、不特定多数の読者が読むわけですから、本がたくさんなければいけません。手書きでは無理です。

大量複製技術、つまり印刷術がないと無理です。二番目の条件についても、それを商売で売ってもうけるためには、同じ本がたくさんなければいけません。従いまして、この条件を満たすためにも印刷術がなくてはなりません。

さらに、楽しみのための本というのは必要性が薄い。どういうことかというと、当時の社会で重要視されている本のほうが絶対に優先されるのでして、よほどの余裕がないと、ただ読んで楽しむだけの本は刊行されません。ですから、書籍の刊行量が一定の分量を超えない限りそういうものは出ないわけです。従いまして三つめの条件、楽しみを目的として読むという上でも絶対に印刷術がなくては成り立ちません。

B．大衆読者の存在

さらに読み手が必要なのは言うまでもないわけで、対象読者がいないとそういった状況は成立しません。つまり相当多数の読者がいない限り、不特定多数の読者が本を読むとか、それからそういう人々に本を売ってもうけるといったことはありえないわけです。対象が知的エリートだけであったら、その数は当然限定されますし、しかもエリートはエリート意識を持っていますから、俗なものを軽蔑します。これはもう万国共通です。従って、あんなくだらないチャンバラものとか言って――本当は隠れて読みたいかもしれないけど――読まない。そうなると近代的読書は成立しえない。

しかもお金がないと買えませんから、一定の購買力を持った大衆読者の存在が必要です。大衆読者が出現するためには、あと二つの条件があります。一つめは識字率の向上。字が読める人がある程度以上いないと当然それはありえません。

C．大衆が理解しうる書記言語の存在

そして二つめは言語の問題です。ここで言語のほうを問題にしていきますと、そういう本は大衆が理解できる、みんなが読んでわかる言葉——書記言語というのは書き言葉のことです——で書かれていないといけません。

知的エリートが使う書き言葉というのは、中国では文言（ぶんげん）、これはいわゆる漢文と思ってもらったらいいのですが、古文とか駢文（べんぶん）というような、昔のスタイルの文章語です。ヨーロッパでしたらラテン語、ローマ帝国の言葉です。日本ですと、公式の書記言語は漢文ですね。中国語で書いていました。日記などは崩れたものになってはいきますが、一応漢文ではあります。これらは日常一般の人が使っていた言葉とはまったく違っていたわけです。たとえば、フランスやドイツの普通の庶民がラテン語を話されてわかるわけがありません。普通の中国人も、文言を見せられてもわかりません。読まれてもわからない。そういうことです。そうなると当然エリート以外の人々は、字で書いてあるものは理解できません。

そういうもので書いてある限り無理です。従って、日常使用する言葉に近い書記言語がなければなりません。

(2) 近代的読書はどのようにして始まったのか

そういう過程で一体近代的読書はどのようにして始まったのかということですが、ヨーロッパは比較的わかりやすい事例になります。十五世紀にグーテンベルクによって活版（かっぱん）印刷が発明されました。ちょうどその頃に宗教改革が起きて、ドイツ語の聖書、英語の聖書といった形で各地で俗語——俗語というのは要するにドイツ語とか英語とかそういう各国語のことです——による文献がどんどんできていくということで、ヨーロッパで起きたことは割合説明しやすい。

ところが中国はどうかというと、印刷術（木版印刷術）は九世紀頃には発明されているわけです。六世紀も前です。大量複製技術は間違いなく世界で一番早く実用化されています。その後、宋代以降になりますと科挙（かきょ）制度が官僚になるための主要な手段になり、これは一部の被差別階級の人は別ですけれども、それ以外は男性であれば――女性はだめですが――誰でも試験に合格すれば、建前上は立身出世できるという制度ができました。それで身分制が解体します。そうすると急激にそういうもの（近代的読書）が広まりそうですが、そうはならないわけです。なぜかというと、科挙制度の結果として、極端なエリート社会になるわけです。科挙官僚というエリートは、エリートの言語を使うようになるんです。つまり、かえって俗語が表面化しないということになります。従って、前にあげたA・B・Cの条件についていえば、大量複製技術は早くからあるけれど、大衆読者の存在や、大衆が理解し得る書記言語の存在という点は、とても難しかったわけです。

ところが、元（げん）に入りますとモンゴル人が支配するようになります。支配者は、モンゴル人とか、色目人（しきもくじん）と呼ばれた主にイスラム系の人々になります。そういった人たちが支配者になった結果、彼らは当然ながら中国に住んでいる以上中国語はある程度話せたとしても、難しい文言などは異文化ですから苦手です。その結果、公文書には俗語語彙が使用されるようになっていきます。すると、俗語を使用することに対する抵抗がだいぶ弱まることになり、この時期から白話文学というものが成立してくるのです。

ここで白話とは何かという定義をする必要がありますが、大変定義しにくいわけです。私がいつも使っている定義は、「口頭語語彙を使用する書記言語」というものです。つまり、話し言葉といっても実際に話すわけではありませんから、あくまで書き言葉です。ただ、使う語彙が話し言葉の語彙であるということです。言ってみれば言文一致体になります。それがだんだん現れてきます。実際、この時期から有名な元雑劇（げんざつげき）などのような、白話文学作品が表面化してきます。ただ、文言は長年使っていますから書き方が定まっていますし、文法的規則も定まっています。けれど白話の場合は、この頃から初めて文字に書かれ始めるので、どうやって書いたらいいかというノウハウ、つまり書き方が決まっていない。語彙についても、中国語の場合誤解されやすいのですが、漢字が先行すると思う人が結構多いのです。そういうことはもちろんありえないので、言語ですから音声が先行します。口頭語、つまり話し言葉は音しかないわけですが、それを文字にする場合、一体どんな漢字を当てるのかということが当然問題になります。それが決まらないんです。人によって違う字を当てたりする。そういうわけで白話の書き方というものがさっぱり進展しない、発達しない。

そういう中で画期的なのが、実は『水滸伝』なのです。それ以前の白話文は、本当に下手くそで、何を言っているのかよくわからないとか、簡略化がすぎるとか、叙述が混乱しているというものが多いのですが、『水滸伝』において実に画期的な、非常にレベルの高い白話文が書かれました。その延長から今日の中国語が生まれてきます。

さらに内容について申しますと、これまでの知的エリートの文学作品では、基本的に描かれるのは知的エリートであるわけです。貴族や知識人以外の人が描かれることはなくて、仮に描かれたとしても、明らかにばかにされています。つまり、喜劇的に描かれる存在、上から目線で描かれる存在でした。これはアウエルバッハの『ミメーシス』という本の言葉を使うと様式分化というんですね。上流の人のことは重々しく悲劇的に描かれ、下流の人のことは俗に、しかも喜劇的に描かれる。それを乗り越えたところに初めて現実描写というものが成立するのです。このことについては、以前私が『「現実」の浮上――「せりふ」と「描写」の中国文学史』（汲古書院、二〇〇七年）で詳しく論じていますので、興味のある方はご覧ください。それが『水滸伝』において初めて高度な水準を持って出現しました。つまり一般の人々、エリートではない人々にも怒りや悲しみや喜びがあって、真の悲劇がそこには存在するのであると、決して上流の人々だけに悲劇があるのではないということを描き出したわけです。私はこうやって文学に庶民が現れてくるというのが、実は近代というものの一つの定義ではないかと考えています。そういう点で『水滸伝』は、最初の近代的文学作品と呼んでよいのではないでしょうか。

つまり『水滸伝』を研究することは単に『水滸伝』を研究するというにとどまるものではないのです。中国において近代的な読書がどうやって生まれたのか、現代中国語はどうやって生まれたのか、そして中国文学における現実描写はどうやって確立したのか。それらすべてを『水滸伝』から考えることができます。

さらに、中国は最も早く大量複製技術を確立した国であるわけですから、問題は中国にはとどまりません。世界における近代的読書、それから日本語の言い方を使えば言文一致体ですね。その成立過程について考える上で最も重要なサンプルになるはずです。

さらに『水滸伝』は東アジア世界、特に日本に強い影響を与えました。曲亭馬琴（きょくていばきん）の『南総里見八犬伝（なんそうさとみはっけんでん）』が『水滸伝』を元にしているというのは有名な話ですが、それ以外にもいわゆる読本（よみほん）と呼ばれるものがたくさんできまして、その多くは『水滸伝』の影響を受けています。そして、日本で明治時代以降に近代的小説が生まれる時に、この読本が一つの母体になるわけです。さらに読本には、中国語を使うとかっこいいということで、今の人が英語を使うようなものですが、大量の白話語彙が使われていたんです。それが日本語に取り込まれて、今私たちが使う語彙の中にたくさんの白話語彙が入っています。そういう点で、『水滸伝』研究は日本語や日本文学、日本文化の研究にも非常に大きく影響するのです。

2.『水滸伝』版本研究はなぜ不可欠なのか

『水滸伝』の研究の中で、版本研究というのは絶対に欠かすことのできない要素です。実はこれは『水滸伝』に限らない、白話文学全般に共通することです。私は長年元雑劇を研究していて、そこでも版本といいますか、写本も入るんですけど、その校勘作業をずっとやってまいりました。これはすごく手間のかかるしんどい作業でした。『水滸伝』の校勘も五年くらいかけて、一字一字やっていったわけですが、やはりばかばかしいくらい時間と手間がかかります。でもそれだけの価値は十分にある。それはなぜか、ということですね。

(1) 白話文学研究における版本研究の意義

そこで、この版本研究——ここでは写本も含めます——の意義ですが、白話文学における版本の研究というのは、たとえば伝統詩文——詩集とかですね——それから儒教の経典、それから歴史書——『史記』とか『漢書』とか——、そういういわゆる正統的な文献、中国では四部の書という言い方をするものの版本研究とは性格が違います。

正統的な文献は、たとえば杜甫の詩集だとすると、杜甫のある詩について、このテキストではこうなっていてこのテキストではこうなっている、するとどれが正しいのか、杜甫が書いた本文はどういうものだったのか、ということを割り出すのが普通の目的です。校勘作業を加えて正しい本文を作り上げ、確定して、その揺るぎない本文があって初めて作品の研究ができる。あるいは、歴史書だったら史料として利用できる。

ところが白話文学は違います。固定したテクストが存在しないというのが白話文学の特徴です。版本、あるいは抄本――写本のことを中国ではこういいます――ごとに、本文が書き換えられていきます。なので白話文学で正しい本文を要求するのは、そもそも前提としておかしいということです。存在するのはさまざまな異同の相なのです。どんどん変わっていく一群の本文の、どれか一つが正しい『水滸伝』だということはありません。後でお話ししますが、金聖歎という人が『水滸伝』を大幅に書き換えてけしからんと批判する人がいるんですが、私はそうは思いません。あれも変化していく過程の一つなのです。

ですから、白話文学研究では、版本研究と校勘作業は、その異同の相を把握して、分析していく作業ということで、極めて本質的な意味を持ちます。つまり白話文学研究では校勘作業自体が文学研究である、ただチャカチャカと文字だけをいじくり回して喜んでいるんではないということなんです。

具体的に『水滸伝』について述べてまいります。『水滸伝』の主要版本のうち、後で触れるものは次の通りです。

1. 石渠閣補刻本（京都大学文学研究科図書館蔵本・中国国家図書館蔵本。「石」）
2. 容与堂本（中国国家図書館蔵本。「容」）
3. 無窮会蔵本（無窮会織田文庫蔵本。「無」）
4. 遺香堂本（多久市郷土資料館蔵本。「遺」）
5. 百二十回全伝本（東京大学漢籍コーナー所蔵神山閏次旧蔵本・宮内庁書陵部所蔵徳山藩旧蔵本。「神」「徳」）
6. 金聖歎本（中華書局一九七五年影印本による。「金」）

※このほか、天理図書館と内閣文庫所蔵の容与堂本（「天」「内」）、四知館本（「四」）・百二十回全書本などにも言及。

最後に、もう少し詳しい一覧表を添付しますので、そちらもご覧ください。この書誌情報はすごくいい加減で恐縮ですが、詳しいことは私の本『水滸傳と金瓶梅の研究』（汲古書院、二〇二〇年）をご覧いただければと思います。ここにあがっているのがすべてではありませんが、主要なもの、代表的なところはあげてあります。1から6というのは、私の考える大まかな成立順になっています。

このほかにも容与堂本と呼ばれる本の中にもいろいろありまして、天理図書館が持っているものと内閣文庫が持っているもの、それから後でお話しする同系統の四知館本、こういうものにも少し触れてまいります。

（2）白話文学の版本研究・校勘作業から何がわかるのか

さて、校勘から何がわかるのか。

A．版本間の関係を明らかにすることができる（書誌学・出版史に関わる問題）

第一は、当たり前といえば当たり前の話ですが、版本間の関係を明らかにすることができます。つまり、どの本を元にしてどの本ができているかということです。これはどうしても必要です。なぜ必要かというと、のちに述べるB以下では、どうやって本文が変化していったかを研究するわけです。ですので、どの本がどの本を元にしているかわからないと、B以下の研究はできません。そういうわけで、まずはこれがどうしても必要です。

では、どういう風にやるのか。次の例にあげますのは石渠閣本、容与堂本、無窮会蔵本、遺香堂本、「徳」とあるのは百二十回全伝本の徳山藩旧蔵本、そして金聖歎本です。この金聖歎本というのは、先ほど述べましたが、非常に大幅な書き換えを行った本です。なおかつ十八世紀以降、少なくとも十九世紀には、これが中国では流布(るふ)本(ぼん)でして、これ以外の本がほとんど読まれていませんでした。つまり極めて重要なテキストということになります。すると、この本は何に基づいて作られているかということが当然重要になります。それがわからないと、金聖歎本と、たとえば容与堂本で字が違ってるけれど、これは全部金聖歎が書き換えたんだと言っていいかどうかが問題になりますね。それより前に別の人が書き換えていたかもしれないわけです。そこで、『水滸伝』第二回の例を見ましょう。

石・容　……無一般不會、更無一般不愛、更兼琴棋書畫、儒釋道教、無所不通。
無　　　……無一般不會、更無一般不愛、更兼琴棋書畫、儒釋道教、無所不通。
遺・徳・金……無一般不會、更無一般不愛、即如琴棋書畫、――無所不通。

これは有名な北宋の徽宗(きそう)皇帝――天才画家ですが政治的にはまるでだめだった男ですね――の説明です。石渠閣本と容与堂本が一緒で、無窮会蔵本は少しだけ違うけれどほぼ一緒。遺香堂本と百二十回本と金聖歎本が同じ。ということは、これで一目瞭然わかるわけです。金聖歎本が基づいたのは石渠閣本・容与堂(ようよどう)本・無窮会蔵本の三つではなく、遺香堂本か百二十回本ということになります。

この範囲ではそこまでしか詰められませんが、その後、詰めていきますと、遺香堂本と百二十回本は異同が大変少ないんですけれど、別の箇所に少しある異同から、結局百二十回本に基づいているという結論を得ることができます。百二十回全伝本というテキストに、金聖歎本は基づいているということがわかる。こういう割り出しの仕方をするわけです。

さて、こうやって割り出して、それを積み重ねることによって版本系統を確定できます。さらに、版本の刊行主体を調べます。そうすると、どこの土地、つまり南京なのか蘇州なのか北京なのかそれとも福建省の建陽なのか、それとも安徽省の徽州なのか、といったことですね。それにどういう出版主体なのか、出版社なのかそれとも政府機関みたいなものが出したのか個人が出したのか。さらに形式です。挿絵はあるのかないのか、大きい挿絵が何枚かついているのか、それともページごとに全部上の部分に挿絵がついているのか。それから、一葉というのは二ページに当たるんですけども、ページあたりの文字数がどれぐらいあるか、字の大きさはどれぐらいか。それから、彫り方はきれいか汚いか。それに、批評といって、いろいろ感想みたいなものを書き込むんですけれど、それがあるかないか。こういった一連の要素を全部入れていきます。するとそれぞれの本が、どういう目的でどういう読者を想定して刊行されたのか、ある程度浮かび上がってきます。そこから、こういう人々が『水滸伝』を読んでいたのではないかと、当時の社会の実態を映し出すことがある程度できる。つまり歴史学的・社会学的な意義があるということになります。

なお、先ほどの例、この異同が生じた原因ですが、ご覧いただきますと、「更兼」と「即如」という箇所が違うわけです。見たらわかると思いますが、「更」という字がダブってますね。そこで、同じ字がダブると格好悪いので、ここを書き直した。要するに文章をよりよい洗練されたものに書き換えようという動きです。

一方ここです、「儒釋道教」。ここに書いてあるのは「徽宗皇帝は遊びごとの類いは好まぬものとてない上に、さらに琴・棋・書・画、儒教・仏教・道教、通じないものとてありません」という意味で、儒教・仏教・道教を削ってあります。なぜでしょう。徽宗皇帝は遊び人なんですね。だから琴棋書画はいいですけど、儒教に通じていることは彼の性格に矛盾するのではないか。それで、性格描写のために削った。いつ削ったかというと金聖歎ではなくて、遺香堂本段階ですでに削られているということになります。こういう風に、表現の洗練と性格の強調という改変パターンがここから認められます。

B．本文の成立と変貌の過程を明らかにすることができる。

換言すれば、テクストの生成過程を解明する手段となりうる。（文学的問題）

つまりこの本文の成立と変貌の過程を明らかにすることによって、テクストがどうやって生成したかを解明することができる。つまり、生成論的研究を行うことが可能になります。

生成論的研究とは何かといいますと、『ボヴァリー夫人』などを書いたフローベールという人について行われているのが有名です。フローベールは、ご存じの方は多いと思いますが、ものすごく文章に凝る人でした。ものすごく書き直すんです。しかも草稿が取ってあるんです。ですから、フローベールがどう書き換えたかを追跡することによって、どうやって彼は作品を作り上げていったかがわかる。簡単に言いますと、それが生成論的研究です。

白話文学の場合は、当たり前ですが、できた時の草稿があるわけないのです。ですから、生成論的研究なんて無理だと思うわけですが、今までの説明でおわかりですね。つまり、どういう風に書き換わっていったかを見ることによって、『水滸伝』のテクストがどうやって生成してきたかを明らかにすることができる。フローベールの場合と『水滸伝』の違いは、作者が複数いることです。つまり一人ではないわけです。いろんな出版者や関係者が書き換えていく。しかも、どうして書き換えたかということを考えてみれば、フローベールの場合は彼の美意識とかそういう問題ですが、『水滸伝』の場合は商業的な理由・政治的な理由などが関わってきます。だから、ここを詳しく調べますと、社会と文学の関わりを解明することが可能になります。それを先ほどの成果と合わせて考えますと、不特定多数の読者が楽しみのために本を読むという行為が、どうやって成立・発展してきたかということが浮かび上がってくるわけです。

B―1．話法の整理　第三十五回、宋江が呂方と郭盛を和解させる場面

少しわかりやすい実例をあげます。これは話法の整理の例です。

石・容・無：宋江把上件事都告訴了、就與二位勸和如何。二位壮士大喜、
天・内　：宋江道、我□□□□□□就與二位勸和如何。二位壮士大喜、
四　　　：宋江道、我久聞壮士英名、就與二位勸和如何。二位壮士大喜、
遺・神・金：宋江把上件事都告訴了、便道、既幸相遇就與二位勸和如何。兩箇壮士大喜、

これは『水滸伝』の割と有名なくだりですが、呂方（りょほう）と郭盛（かくせい）という二人の山賊が喧嘩をしているところに、――実はもっと面白い話なんですけど、簡略化して言います――宋江（そうこう）たちが通りかかりまして、喧嘩の仲裁をする場面なんです。

石渠閣本・容与堂本・無窮会蔵本はおそらく古い本文を持っている版本になりますが、その原文は、直訳するとこうです。「宋江は以上のことを全部伝えてから、お二人に仲直りをお勧めするのはどうでしょう。お二人の

壮士は大いに喜び……」と、何だかとんでもない変な文章だということはおわかりいただけるかと思います。

何でこんなことになってしまったかと申しますと、「以上のことを全部伝えて」で、次がこれは明らかに宋江のセリフです。直接話法というのはセリフの引用、間接話法は地の文の中に語った内容を盛り込むんですけど、間接話法のような形で直接話法、セリフがいきなり出てくるんですね。次は明らかに地の文なのに、「二位」、これは「お二人の」という意味なんです。地の文で「お二人」は変だろうということです。

何でこんなことが起きたかというと、『水滸伝』はもともと芸能を基本としています。といっても芸能の写しではなく、芸能を模倣して書かれているわけです。そうすると芸能のスタイルを真似るわけで、芸能においては直接話法と間接話法を明確に区別する必要はありません。なぜないかというと、落語などを聞けばすぐわかる話です。たとえば、「あちらから誰かやってまいりまして、『おいお前!』」とか言うと、「おいお前!」がセリフだということが耳で聞けばわかります。声色とかしゃべり方で。だからこれでいいわけで、「宋江は全部を申します。以上のことを伝えましてから、『お二人には仲直りしていただいてはいかがでしょう』」と言えばそれですみます。

ところが、字で読むとすごく変なんです。そこでどうするか。遺香堂本以下の書き換えが一番左です。「宋江は以上のことを全部伝え終わりますと（原文「宋江把上件事都告訴了」）で、その後に「そこで申します（原文「便道」）」というト書きを入れまして、いきなりこういうのも変だから、「幸いにもお会いできましたので、お二人に仲直りしていただいたらいかがでしょう（原文「既幸相遇就與二位勸和如何」）」。「二人の壮士は大いに喜び（原文「兩箇壮士大喜」）」、先ほどの「お二人（原文「二位」）」も「二人（原文「兩箇」）」と、ごく自然な形に書き換わっていく。こういう風に話法の整理が行われます。

ところが、先ほど申しましたように容与堂本内部でいろいろあるんです。次の天理本・内閣本というのは、これも説明するとすごくややこしいんですが、単純化していいますと容与堂本の系列に属する本で、特に内閣本は、これまで見てきた容与堂本は北京にある本になりますが、それと同じ版木を使っているんです。この段階でもう問題に気がついていて、再版する時に、さっき言ったように容与堂本と内閣本は同じ版木を使ってますから——同じ版木による再版です——、その際に作り直してます。つまり、印刷するたびに書き換えるという丁寧なことが行われていたことを意味します。どうするのかというと、直接話法だから「道」——「言う」という字——を入れるんです。それで「私（原文「我」）」を入れて、そこで困るんです。同じ版木ですから、字数の変えようがないので、「我」の後に空白があります。空白の後はもとのまま「私がお二人を仲直りさせてはいかが（原文「就與二位勸和如何」）」となる。「お二人の壮士（原文「二位壮士」）」はそのまんまですね。

次に四知館本、これは実は今回の企画で重要なものの一つですが、鍾伯敬批評四知館本と呼ばれる本で、これは天理本を非常に忠実に彫り直したものです。ほとんど天理本と異同がないのですが、この箇所は例外です。「宋江は言いました。私は（原文「宋江道、我」）」の後に、「長らく壮士様のご名声はうかがっておりましたので、お二人に……（原文「我久聞壮士英名、就與二位……」）」。つまり四知館本は、天理本の非常に忠実な作り直しなんですけど、さすがにこんなに字が空いているのは格好悪いから、適切な言葉を補ったということですね。

こういう風に、一体どういう風にして書き直していくべきかいろいろと試みていった、そしてより適切な文章を模索していった、その過程がはっきり読み取れます。

B—2．表現の洗練と性格表現の追加

さらに、今度は文学的な方面です。

石・容・無：關勝聽了、微微冷笑、盗賊之徒、不足與吾對敵。當時暗傳號令、教衆軍俱各

遺・神　：關勝聽了、微微冷笑。當時暗傳號令、教衆軍俱各

金　　　：關勝聽了、微微冷笑。四顧跕旁首將低低說了一句

石・容・無：如此准備、賊兵入寨、帳前一聲鑼響、四下各自捉人。三軍得令、各自潛伏。

遺・神　：如此准備。三軍得令、各自潛伏。

金　　　：――――――――。

この箇所で行われているのは、表現の洗練と性格表現の追加ということになります。関勝（かんしょう）という人は、この段階では官軍の武将で、梁山泊の人々を討ちにくるんですね。この人は『三国志』の関羽（かんう）の子孫で、重々しい人物ということになっています。

石渠閣本・容与堂本・無窮会蔵本という古い本文と思われるものを見ますと、「関勝はそれを聞くとかすかに冷笑して、『盗賊どもめ、わしの相手には足らん』。すぐに……（原文「關勝聽了、微微冷笑、盗賊之徒、不足與吾對敵。當時……」）」とあり、ここでも「と言って」とは書いてないんですね。「すぐにこっそり命令を伝えて各軍にこのように準備せよと言った。『賊兵が陣に入って来て、司令部でドラが響いたら、四方からそれぞれ捕まえろ』。全軍は命を受けてそれぞれ隠れました（原文「當時暗傳號令、教衆軍俱各如此准備、賊兵入寨、帳前一聲鑼響、四下各自捉人。三軍得令、各自潛伏」）」。これはあまりよくないのです。何がよくないのか。またしてもセリフがここでボコッ

と断りなしに入っています。直接話法が乱入している。そしてもう一つの問題点は、せっかくのはかりごとなのに、ここで全部内容をしゃべってしまっています。サスペンスがありません。

そこで、遺香堂本の段階でまた書き換えられます。「関勝は聞くと、かすかに冷笑した（原文「關勝聽了、微微冷笑」）」。セリフはもう変ですから取っちゃいます。その上で、作戦の中身も消しまして、「このように準備せよと言った。みんなは命令を受けて……（原文「教衆軍俱各如此準備。三軍得令……」）」と、こうやって作戦内容を隠しておくんですね。サスペンスを保ちます。

ところが金聖歎本になると、さらにそれを書き換えます。どうしたのかというと、「命令を伝えて準備させた（原文「當時暗傳號令」）」というところに、「傍らに立つ隊長たちのほうを振り向いて、小声で一言だけ言った（原文「四顧跕旁首將低低説了一句」）」。つまり、いかにも関羽の子孫らしい重々しい態度で、性格描写になっている。

こういった風にだんだん内容が書き換えられていく。進化といっていいかもしれません。

B─3．金聖歎本における書き換え

そうしますと、今のでもおわかりと思いますが、金聖歎本による書き換えというのが重要になります。金聖歎という人は、非常に大幅に全体を書き換えました。

①第七十一回後半以降の削除

何と申しましても一番重要なのは、彼が基づいた百二十回本の第七十一回後半以降を全部削ってしまった。これは重要なことですが、なぜかというのは今お話ししている余裕がありません。

②詩詞韻文の全面的な削除

次に、『水滸伝』の中には詩とか、詞――これも一種の韻文ですね――とか、それから美文みたいなもの――四六駢儷体のようなもの――がたくさん入ってるんですが、それを全部削除してしまいました。

では何で詩や韻文が入っているのかというと、白話小説は講釈師の語りというスタイルを取っています。だから口頭語の語彙で語れる。つまり、語りの写しだから話し言葉で書けるわけですね。芸能の形式を模倣します。中国の講釈、講談は普通詩詞韻文をたくさん入れるものなんです。だからもともとは入っていた。ところが金聖歎は、自然なもの以外全部削ります。自然なものというのは、たとえば宋江が詩を作りましたといって詩を引く。これは何ら問題ない。いってみれば、ミュージカルで、突然登場人物が歌ったり踊ったりするのがいかにも変だというので、だんだん歌うことに必然性がある場面を設定して、そこで歌うようなミュージカルが出現してくるのと同じこととお考えください。

つまり、白話小説から芸能の名残を排除する。そして金聖歎は、小説を自立した文学形式として確立していったということなんです。これは彼が言っていることから明らかに見て取れます。

③本文の改変

それからもう一つは、本文の書き換えです。どう書き換えているのかといえば、彼の文学理論に基づいて書き換えます。

一つは先ほどもありましたが、キャラクターの性格をより強調します。たとえば魯智深という元軍人で、間違えて人を殺してしまったので坊さんになる人です。この人が、相国寺（しょうこくじ）という大きいお寺に到着する場面で、一人称がもともとオリジナルでは「小徒」、つまり「拙僧」という感じの坊さんらしいものだったのに、金聖嘆は「ワシ（原文「洒家」）」という言い方に書き換えてしまいます。それから挨拶する時に、オリジナルでは合掌低頭（がっしょうていとう）するという挨拶をしていたのに、手を組んで「喏（ヌオ）」と言う、武人の挨拶に変えます。つまり出家しても全然出家者らしくなってない、という風に性格を強調していきます。この魯智深とか李逵（りき）といった、乱暴者のキャラクターの行動をより天真爛漫（らんまん）なものに書き換えて、宋江の言動を――金聖歎は宋江が大嫌いでして、これは理由がいろいろあるんですが――、より偽善的なものに書き換えていくんです。つまり性格表現の明確化を意図しています。

さらに、これは重要なんですが、視点人物を設定します。つまり、各場面に視点となる人物を見いだして、叙述をその方向に沿って進める。どういうことかと申しますと、普通は白話小説はいわゆる全能の語り手によって語られます。全能の視点を持つ講釈師が語るという枠組みを持っています。ところが近代小説はというと、一人称小説はもちろんですが、全能の語り手が語っているスタイルのものは案外少なくて、三人称の小説であっても、誰かある人の目を通してずっと語っていることが多いですね。金聖歎は『水滸伝』もそうだというんです。たとえば、第二十六回に有名な人肉饅頭屋というのがあって、その店の孫二娘（そんじじょう）という怖い女の人がお客さんにしびれ薬を飲ませて倒して、それで殺してまんじゅうの餡（あん）にしてしまう。そこに武松（ぶしょう）がやってきまして、わざと薬を飲んだふりをしてぶっ倒れる。本当は飲んでないんです。金聖歎は、ここでは視点人物が武松だと設定しますから、彼は目をつぶってるんだから見えないはずだということで、孫二娘が「出て来た」というのを「出て来るのが聞こえた」、といった具合に全部書き換えていきます。

この点からおわかりと思いますが、金聖歎の改変は明らかに近代文学へ向かう方向性を持つものです。

C．白話文の成立過程を跡づけることができる（語学的問題）

さらに、もう一つ語学的問題として、白話文の成立過程を跡づけることができます。つまり今の中国語がどうやって生まれてきたかがわかるということです。

白話文は当初は口頭言語の写しの性格が強かったはずなんです。先ほども申し上げましたが、表記も確定していなかった――どの漢字を当てるかということです――ですし、さらに文法も崩れたものが多かったのです。それがだんだん洗練されていくわけで、『水滸伝』で一応完成を見て、それが今の中国語の原型になっている。ただ『水滸伝』でも一度に完成するのではなくて、実は金聖歎本でほぼ完成したのではないかと考えられます。ですのでその過程を見ると、中国語がどうやってできあがってきたかがわかるのです。

その異同を見ると、それは内容や文章表現だけではありません、文法の問題――どこに動詞の目的語を置くかとかそういうことですね――、それに基づく書き換えがたくさんあります。

さらに、単語です。どの漢字を当てるかということ。その場合、大体普通のパターンでは、最初は誰でも知っている字を当てるんです。ところがそれはよく使う字ですから、誤解が起こるなと思って違う字に置き換えていく。違う字に置き換える際はもうほとんど使わない字を使ったり、場合によっては新しい字を創作したりします。たとえば、これは神戸市外国語大学の佐藤晴彦さんが詳しく述べていますが、私たちが普通に使う個人の「個」ですね、これは明になって新しく出てきた文字なんです。こういったように定着するものもあるんですが、消えていくものも多いんです。具体的例をあげます。

金以外：張順再跳下水裡赴將開去、李逵正在江裏探頭探腦假掙扎汉水、張順早汉到分際。

金　　：張順再跳下水裏赴將開去、李逵正在江裏探頭探腦假掙扎赴水、張順早赴到分際。

これは張順（ちょうじゅん）という水泳の名人と李逵という豪傑が戦う割と有名なところなんですが、金聖歎本以外は、「張順は跳びこんで水の中で泳いでいった（原文「張順再跳下水裡赴將開去」）」となっています。この「赴」という字が「泳ぐ」なんです。そうしたら李逵がアップアップ（原文「李逵正在江裏探頭探腦假」）もがいて、泳いでいる。この「汉」です。変な字が書いてありますね、さんずい偏に父。何だこれはという感じですね。

これは、実は泳ぐことを意味するようでして、最初はこちら（原文「張順再跳下水裡赴將開去」）では「赴」という字が使われています。「赴」という文字は、当て字として、もともと泳ぐという意味で使われていました。ところが水に赴くというとどういう意味になるかというと、これは文言では「投身自殺する」ことになるのが普通なんです。明らかに誤解を招きます。そこで、これはまずいなと思って、fuという音に基づいて、さんずい偏に父で「汉」という新しい字を作ったみたいなんです。ところが、どうもあまりにも見慣れない字で定着しなかったようで、容与堂本とかでも「赴」と混ざってぐちゃぐちゃに使われているんです。

金聖歎本では結局「赴」に戻ります。でもやはり誤解するので、清代になると今度はさんずい偏に「伏」という新しい字（「洑」）が当てられるようになり、そして今でもこの字が使われます。

一方でこの「汉」という字は水没の「没」に似ています。ですのでこれも使われなくなっていった理由だと思うんですが、「没水」で「泳ぐ」という意味で使う事例が出てきたりして、何だかおかしなことになっていきます。

さらに今使われている表記はいつ定まったのかという問題です。山に登ることについて現代中国語では「爬」

という字を使うんですが、これは『水滸伝』の古い版本、石渠閣本・容与堂本では、ほとんどの部分で手偏に「八」という字（「扒」）が使われています。つまり、山に登る時に使うこの「爬」という文字を使うようになったのは、実は割と新しかったなどということがわかります。

こういう過程を明確に跡づけていくと、白話文というものを洗練させて書記言語として確立していった、つまり中国語の基礎を作り上げていった人々が、苦しみながらそれを模索した過程というのがわかります。これは中国語という範囲だけの問題ではなくて、言語が文字になる時に何が起こるかという普遍的問題にも関わるものであると考えられます。

3. 結び

校勘作業からはこのようにたくさんの情報を得ることが可能です。そこから、芸能から生まれた作品が文字として読むものへと自立していき、さらに近代的な小説として進化していく過程と、それと表裏一体のものとして、白話、話し言葉に基づく白話が書記言語として自立していく過程、つまり今の中国語がどうやってできていったのかということがわかる。そこに作品と言語の制作者、そして受け手——受容者——という視点を導入しますと、明代後期という、大変動期における中国社会の実態と変化が浮かび上がります。

さらに、先ほども申しましたが、大量複製技術を背景にした商業出版という点では、中国が全世界でも先進地域であったことは間違いないので、そうするとこれは中国に限定される問題ではなくて、世界における近代に向けた動きの重要なサンプルとしての価値を持つといってよいでしょう。

つまり、古臭い文献についてマニアックな作業をしているように見えますが、実は『水滸伝』版本研究から近代とは何かということに対する答えが得られるのではないかと思われるということです。以上で終わります。

水滸伝版本簡易分類表

形式	現存する主な版本	物語内容			
		英雄たちが梁山泊に集うまで	招安～遼征伐	田虎征伐・王慶征伐	方臘征伐～瓦解
二十巻百回本	嘉靖残巻	△	▲	×	▲
百巻百回本	**容与堂本**	○	○	×	○
百巻百回本	**四知館本** （鍾伯敬本）	○	○	×	○
百巻百回本	**石渠閣補刻本**	○	○	×	○
不分巻百回本	無窮会蔵本	○	○	×	○
不分巻百回本	遺香堂本	○	○	×	○
不分巻百回本	芥子園本	○	○	×	○
百二十回本	**全伝本** 全書本	○	○	○	○
七十回本	**金聖歎本**	○	×	×	×
挿増本	挿増甲本 挿増乙本	△ △	○ ○	△ ○	▲ ○
百四回本	評林本	○	○	○	○
百十五回本	劉興我本 藜光堂本 李漁序本	○	○	○	○
三十巻本	映雪草堂本	○	○	○	○

○：あり　×：なし　△：完全ではない形で現存　▲：現存しないが、かつて存在したと推定可能。

【司会より】

小松さん、どうもありがとうございました。研究というものは細かい着眼点から視野を広げていくうちに自然と大きな仮説へとつながっていくというのが理想的な姿であろうと存じますが、まさしくそのような細部から大局へと至るスケールの大きなお話を、分かりやすく噛み砕いてご披露いただけたかと存じます。

そこに蛇足を加えることになってしまうかもしれませんが、少しだけ補足をいたしますと、本文を校勘することによって本同士の先後関係を把握しなければならない、というお話がございました。もしかすると、これをお聞きになって、そんなのは奥付を見ればいいんじゃないの、と思われた方もいらっしゃるかもしれません。しかし、前近代の中国の本には、奥付が付いているとは限りません。また、本のどこかに出版年が書いてあったとしても、それがそのまま信用出来ない場合も間々あるのです。そのような問題がございますので、本文の地道な比較校勘によって分析することこそが、迂遠なようであっても、本同士の関係を探る上で夫も着実な手法だということになるのです。

もう一点、細かいことになりますが、四知館本という本が出て参りました。これは天理本を忠実に彫り直したものだというお話がございましたが、この忠実というのは本文の字句に限ってのことでありまして、文章はほとんど一緒ですけれども、一ページ当たりの行数ですとか、付いている挿絵ですとか、文字の風格ですとかいった見た目の面では、四知館本は天理本とはすっかり変わっております。なお、そういう外形的な部分まで忠実に版木を作り直すという例も多々ございまして、小松さんの仰っていた容与堂本というのと天理本というのとが、まさにそういう間柄に当たります。この四知館本、この後のご講演でもまた出て参りますので、細かいことで恐縮ながら補足を申し上げました。

2 【上原究一からのコメント】中原理恵発表『水滸伝』百二十回本の所在調査と諸本の相違

上原究一

【司会より】

そもそも前近代の中国の出版物は、その大半が版木を使った木版印刷によって作られたものでしたが、木版印刷で作られた本には、よく似た見た目でも違う版木で刷られていてよく見ると細かい部分で文字が違うとか、同じ版木のセットを使っていても一部の版木だけ彫り直してその際に文章の違いが生じる、とかいったケースが多々あります。もちろん、近代以降の活版印刷やオフセット印刷でもそういった修正は珍しくはありませんが、奥付に「第何版第何刷」といった記載があることによって、ある程度は状況が把握しやすくなっています。しかし前近代の本にはそういう記載は原則的にありませんので、同じような見た目の本でも一点一点細かく見比べる必要があるという問題が出てきます。小松さんのお話の中でもそういう問題に関わる箇所がありましたが、今度はそうした点により特化したご講演です。

『水滸伝』の数あるバリエーションの中でも比較的後から出てきた系統でありますが百二十回本、お配りした資料に版本比較表（本書46ページ）という簡易的な表が付いていますが、それをご覧いただきますと百二十回本という系統があるかと存じます。これには『水滸全伝』と『水滸全書』という二種類の版木があったことが今のところ知られていますが、その中でも後から出版された『水滸全書』と題する版本が講演のテーマです。

この『水滸全書』という本は、時代が比較的新しいこともあり、数十部というかなりの点数――数百年前のものとしてはかなりの点数ということです――が世界各地に散らばって現存しているのです。その多くを実際に調査されたご経験を持つのが中原理恵さんです。本当に何十という数を見ていらっしゃるはずです。比較的新しい時期のものということでそれほど重視されていなかったことや、そもそもあまりにたくさん残っていることもあって、容与堂本や石渠閣補刻本のように、同じ版木で刷られたものが片手で足りる程度の数しか残っていない本に比べて、この『水滸全書』という本の諸伝本の間での細かい比較研究は、従来おろそかにされていました。中原さんはその作業に本格的に取り組まれ、やはりいろいろな違いがあるのだということを見つけて、関連論文を複数発表されていらっしゃいます。京都大学大学院人間・環境学研究科博士課程をこの春に満期退学されたところで、現在は京都大学研修員として博士論文の執筆に向けて研究を進めておいでです（編注：中原さんはその後博士号を取得され、博士論文を元にした中原理恵『百二十回本『水滸傳』の研究』（汲古書院、二〇二三年）も刊行済です。当日のお話と重なる内容も収録されております）。

【司会より】

中原さん、どうもありがとうございました。画像をふんだんに使いながら、実際の比較研究の過程を追体験できるようなご発表をいただけたかと存じます。版本研究になじみのない方にも、版本研究者がどういう作業をしているのかおわかりいただけたのではないでしょうか。同じ『水滸全書』でも長年印刷を続けるうちに版木の一部が少しづつ新しく作り直したものに差し替えられていて、現存する『水滸全書』はその程度によって五段階に分けられるのだ、というお話などは、何だか間違い探しのようだと思われた方もいらっしゃるかもしれません。ですが、その間違い探しの先にどのような世界が見えてくるのかというのは、先ほど小松さんにお話しいただいた通りです。さらには馬琴や露伴といった日本文学の大物が手ずからひもといた本も、彼らの書き入れや蔵書印ともどもご紹介いただいて、モノとしての本の流伝の過程をたどるということの意義も伝わったのではないかと存じます。

変わった伝本もいろいろご紹介いただきました。カリフォルニア大学バークレー校図書館にある、百二十回本の版木を使いながら、百回本から増やされた間の二十回分は刷らないで、百回本と同じ構成になるようにした本。逆に、東京大学漢籍コーナーにある、百二十回本のうち最後の二十回本が欠けてしまったのを、古本屋さんが目録に細工をして、全部揃っている百回本に見せかけようとしたらしき本。いつの世にも商魂たくましい人はいるものですね。

ところで、中原さんのお話の中に、高島俊男さんの一九八〇年代のご著書から引用する形で「容与堂本が一番よいテキスト」である、という表現がありました。この点、先ほどの小松さんのお話の後ですので、奇異に感じられた方もいらっしゃるかもしれません。これは要するに、八〇年代の版本研究の水準では高島さんの言い方でよかったけれども、そこから三十数年を経た上での小松さんのご見解は、これだけ本が刷られるたびに改変が繰り返されているという性質のものである以上、どれがよいとか悪いとかいうのはもはやナンセンスであって、すべてのテキストはそれぞれが絶えず改変が繰り返され続ける『水滸伝』の一つの相である、という意味ですべて対等なのだ、という認識に至っている、ということであろうと存じます。こうまとめてしまうと何だか随分ラジカルなように聞こえるかもしれませんが、この点、私も小松さんとほとんど同感でして、白話小説というものは、研究を深めれば深めるほど、あるいは経験を積めば積むほど、そう表現するしかないという気にさせられるような性格を持つものなのだろうと思います。

それから、中原さんのご講演には、影印本は必ずしも原本に忠実だとは限らず、昔は所蔵元に無許可で影印したのをごまかすために蔵書印を削る処理をすることまであった、というお話もございました。最近のものはさすがにそういう権利関係のことはきちんとクリアして出版されていますが、それとは別の問題も生じてきております。例えば、中原さんのお話の中にも出てまいりました最近刊行された影印本二種、『傅惜華蔵古本小説叢刊』と『水滸伝稀見版本彙編』ですが、いずれも日本円に直すと百万円を超える定価のついた高額書籍でして、まだ日本の大学図書館にはほとんど収蔵されていません。『傅惜華蔵古本小説叢刊』のほうは何年か前に出ていますので措くとしましても、『水滸伝稀見版本彙編』のほうは昨年（二〇一九年）中国で出版されたばかりで日本にはまだ入ってきてまもないという事情もあるかとは思いますが、とはいえこのお値段ですし、中国では近年このような学術的価値も高いけれども価格も目玉の飛び出るほど高いという影印本が、『水滸伝』に関わるものだけではなくてあらゆる分野で、月にいくつというようなペースで続々と出版されていますので、通常の予算では逆立ちしても手が届かなくなってしまっているというのが日本の大学の実情です。幸い、東京大学では U-PARL の予算によって、『傅惜華蔵古本小説叢刊』は中原さんにご紹介いただいた通りすでに購入して東洋文化研究所図書室に配架済みです。『水滸伝稀見版本彙編』についても、同じく購入の準備を進めているところです（編注：その後購入し、U-PARL に仮配架して本共同研究班の研究に活用しています）。現在はまだ新型コロナウイルスの流行によって利用にさまざまな制約がありますけれども、ぜひ皆さまのご研究に活用していただければと存じます。

そして、もうひとつ問題なのは、この『傅惜華蔵古本小説叢刊』という叢書は、民国期から人民共和国初期にかけての著名な蔵書家でありました傅惜華という人の持っていた小説版本のうち、中国戯曲研究院というところに収められているもの——つまり傅惜華の蔵書のすべてというわけではないのですが——を影印したもので、コンテンツは大変素晴らしいものです。ところが編集が極めてずさんで、確認のために三百冊全ページめくりましたが、怒りで指が震えてくるほどでした。同じ見開きが二回プリントされている代わりに抜けている見開きがあるとか、順番が逆になっているとか、縮尺がおかしいとか、印刷がずれているとか、真っ白だとかいったようなページが毎冊のように出てきます。中には原本がそもそも欠葉なのでそれを反映して真っ白にしてあるページもあるようですが、あまりに編集がずさんなので、ミスで真っ白になっているのか、意図的に真っ白なのかもわからない。本当にこれほど素晴らしい素材をよくもこれほどひどい料理ができたものだと思います。せっかく全ページめくったので気付いた限りはメモを取りまして、東洋文化研究所で配架している隣にそのメモを置いておいています。東洋文化研究所の図書室は閉架ですが、メモも一緒に出納の際には出していただけるように図書室職員の方々にお願いしてありますので、東洋文化研究所でご利用される際には、それもご活用いただければ幸いに存じます。

本発表は掲載しなかったが、中原さんが二〇二三年二月に刊行された著書にその内容が収められている。併せて参照されたい。

3 アジア研究図書館デジタルコンテンツ「水滸伝コレクション」の現状と展望

荒木達雄（東京大学 U-PARL）

【司会より】

続いては、U-PARL の特任研究員で、『水滸伝（すいこでん）』研究班の代表をお務めの荒木達雄さんより、U-PARL が公開していますデジタルコンテンツ「水滸伝コレクション」の現状と展望をご紹介いただきます。

荒木さんもまさしく『水滸伝』研究がご専門で、『水滸伝』なるものは何をもって「成立」したと言えるのか、『水滸伝』を『水滸伝』たらしめた最終的な編纂者の意図は一体いかなるものであったのかという問題意識で長年研究に取り組まれ、二〇一八年に「百回本『水滸傳』の編纂方針」という論文で博士号を取得されました。できることならそういう荒木さんならではのお話をじっくりとうかがいたいところですが、本日は U-PARL「水滸伝コレクション」の担当者というお立場から、U-PARL がどのように資料のデジタル化に取り組んできたのかや、なぜ予算も人員も限られる中で東京大学が所蔵する数ある善本の中から『水滸伝』の諸本をデジタル化公開の対象に選んだのか――これは決して単純に担当者が『水滸伝』の専門家だからというわけではなく、たとえば『三国志演義（さんごくしえんぎ）』でも『西遊記（さいゆうき）』でもなく、『水滸伝』

こそがふさわしいという、きちんとした理由があるのです。こういったことをお話しいただけるかと存じます。それではよろしくお願いします。

（＊シンポジウム開催以降、本書刊行までの間に二点の版本が追加公開されています。読者諸氏の便宜を優先し、本書ではこの二点に関する情報を加筆しております。このため、シンポジウム時の実際の発言とは異なる部分がございます。）

はじめに

荒木と申します。現在U-PARLで特任研究員を務めています。本日は講演の合間をお借りして、弊部門が企画・運営を行っている「東京大学アジア研究図書館デジタルコレクション[注1]」内に設けた「水滸伝コレクション」についてご紹介します。

1.「東京大学アジア研究図書館デジタルコレクション」のこれまで

このデジタルコレクションは二〇一七年、「漢籍・碑帖拓本コレクション」としてはじまりました。当初は東京大学総合図書館所蔵資料、U-PARLが購入しアジア研究図書館に収めた資料の画像を、画像共有サービスを利用して公開するものでした。本コレクションが「漢籍・碑帖拓本」にはじまったことには理由があります。デジタル画像の公開にはそれに付随する書誌情報―これをデジタルアーカイブの世界ではメタデータと呼ぶそうで

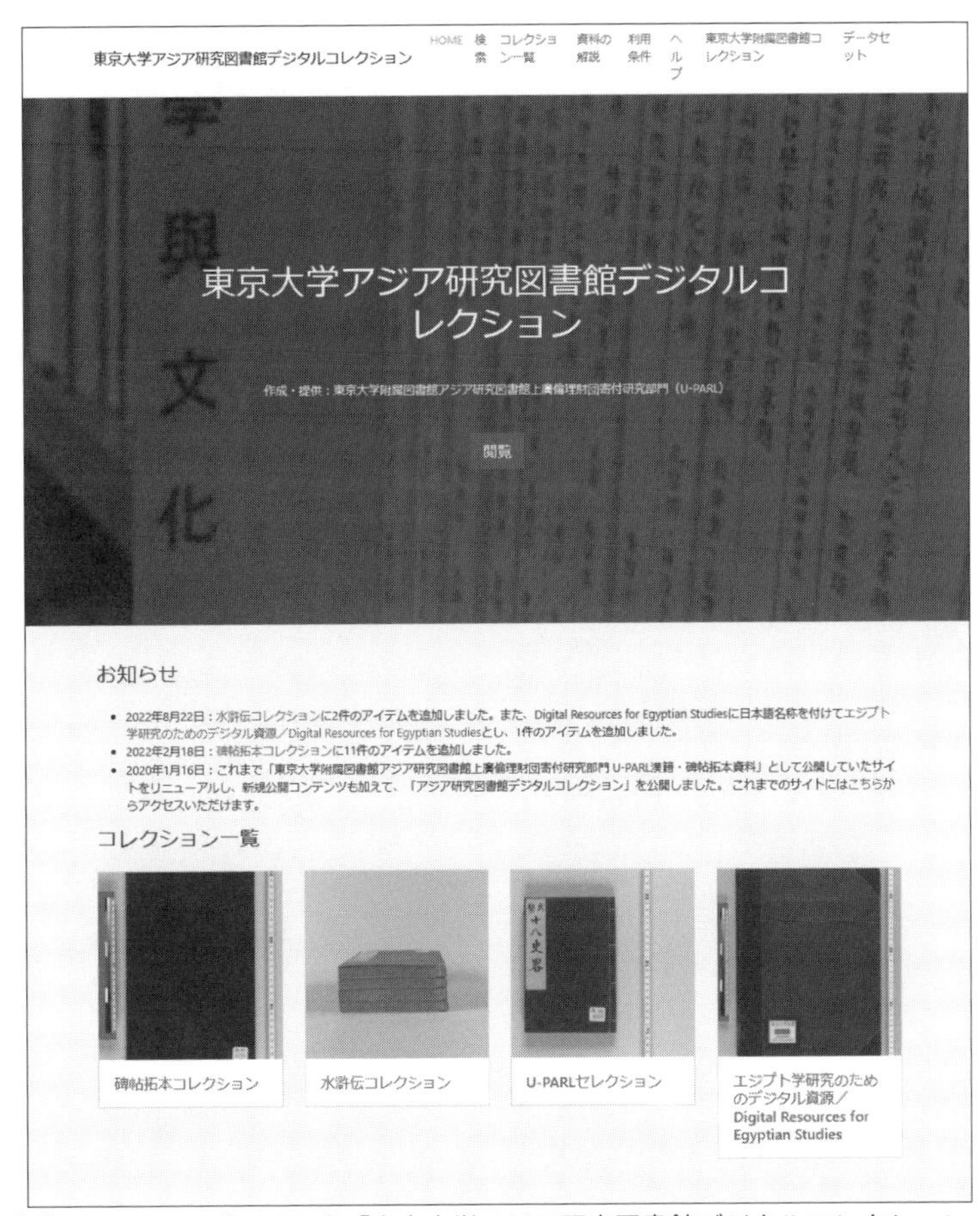

[1] U-PAL ウェブサイト内「東京大学アジア研究図書館デジタルコレクション」トップページ

す—の作成が不可欠です。今後デジタル画像による資料の公開、共有がより普遍的になることが見込まれるなか、公開する側にとっても利用する側にとっても有用なメタデータとはどうあるべきか、U-PARLはこれを検討課題としていました。漢籍・碑帖拓本、なかでも碑帖拓本は原作の文が著されてからわたしたちの目に触れる拓本ないし刊本の形になるまでの間に、複製、保存の段階が幾重にも存在します。こうした形成過程各段階の時期、関わった人、複製の方法などを過不足なく記録するメタデータ項目の策定は、他のさまざまな資料のメタデータにも応用可能なモデルとなるだろうと考えたのです。

二〇一八年九月には、公開の規格をIIIF（International Image Interoperability Framework、トリプルアイエフ）に変更しました。これは、国内外の多くの研究機関のデジタル画像公開の企画に合わせることで、比較研究の利便性向上を高めることが、その狙いの一つでありました。

そして二〇二〇年一月には名称を「アジア研究図書館デジタルコレクション」[1]とあらため、構成もリニューアルし、「碑帖拓本コレクション」、「水滸伝コレクション」、「U-PARLセレクション」、「エジプト学研究のためのデジタル資源」の四つの下位コレクションを設けました。資料の対象範囲は一気にアジア全域に拡大しましたが、これは現在開館をひかえている（その後、二〇二〇年十月に開館した）新図書館―アジア研究図書館の理念「東京大学各部局に散在するアジア研究関連資料のハブとなる」にもとづく改組です。

現在はU-PARLが購入しアジア研究図書館に収めた資料、東京大学総合図書館所蔵資料からU-PARLが選び出した資料を中心に、他部局より許可をいただいた数点の資料の画像も公開しております。ゆくゆくは、さきほど申し上げた理念にもとづき、スタッフがアジア研究のため広く公開すべきだと考える資料を、東京大学内のさまざまな図書館、図書室といった所蔵機関の枠を超えて広く集められるよう、他部局の理解を求めていきたいと考えております。

2.「水滸伝コレクション」の概要

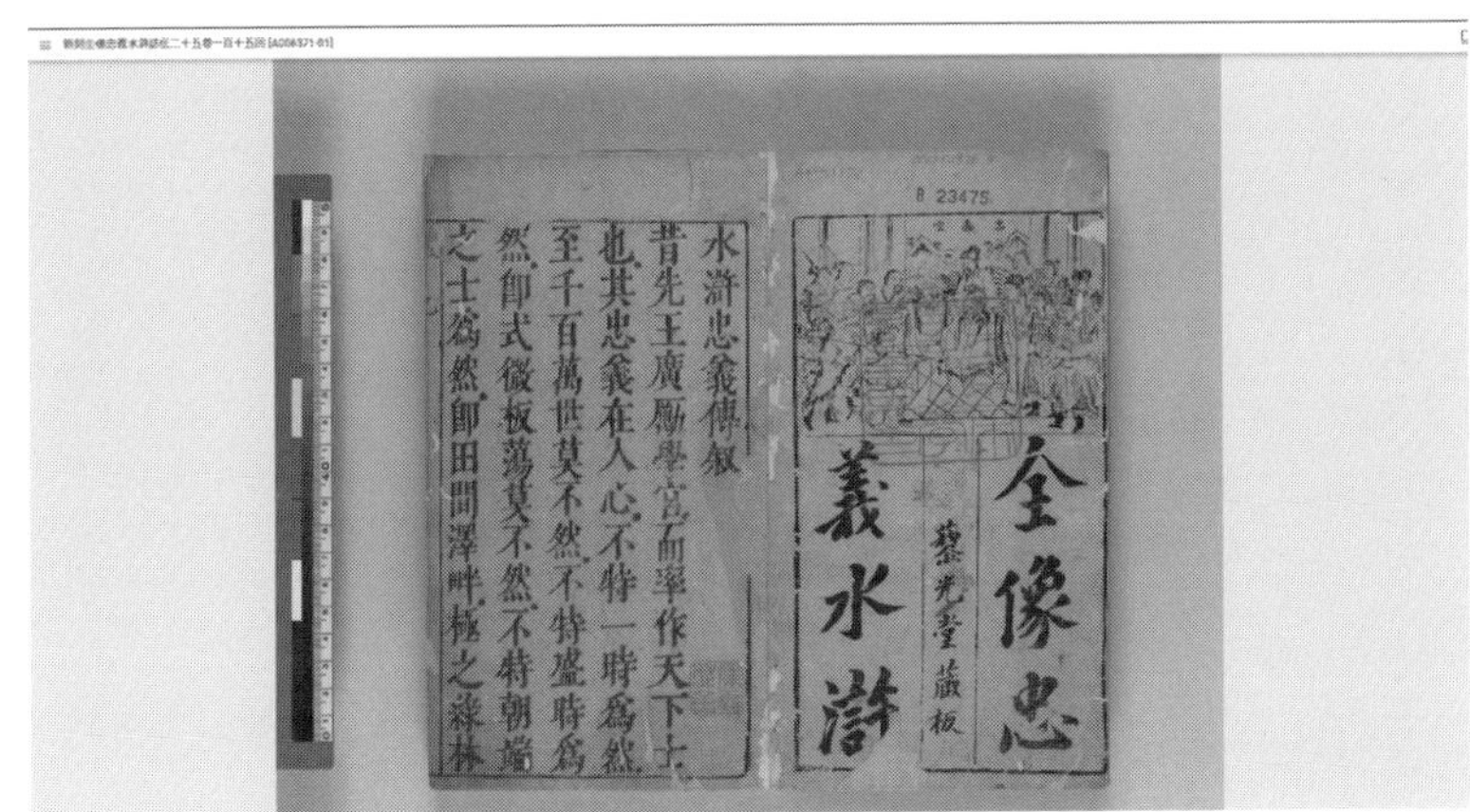

［2］東京大学総合図書館鷗外文庫『新刻全像忠義水滸誌傳』封面（藜光堂本）

「水滸伝コレクション」では現在五点の「水滸伝」版本を公開していますすでによくご存じの方も少なからずいらっしゃるかとは思いますが、それぞれについて簡単にご紹介します。

（1）『新刻全像忠義水滸誌傳』二十五巻一百十五回

こちら［2］は東京大学総合図書館鷗外文庫に収められている『新刻全像忠義水滸誌傳』二十五巻一百十五回です。

封面、現在の本で言う扉に当たるページの中央に「藜光堂蔵板」の文字が見えます。ここから、一般に「藜光堂本」と呼ばれています。これと同じ「藜光堂」の封面を持つ本は、ほかには見つかっていません。こうした希少な本はもちろん貴重な研究資料であり、必要とする研究者には積極的に公開すべきであるというのはひとつの考え方です。しかし一方で、三百年前、四百年前の書物はそれ自体が骨董品、文化財と言い得るものです。どしどし公開すればそれだけ損耗が激しくなるわけで、それを防ぐためにしまい込んで厳重に管理すべきだ、との考えも理のあることです。このジレンマを解消できないものかとの思いが、現今の貴重資料デジタル画像公開の潮流のひとつの要因であり、私どももその理

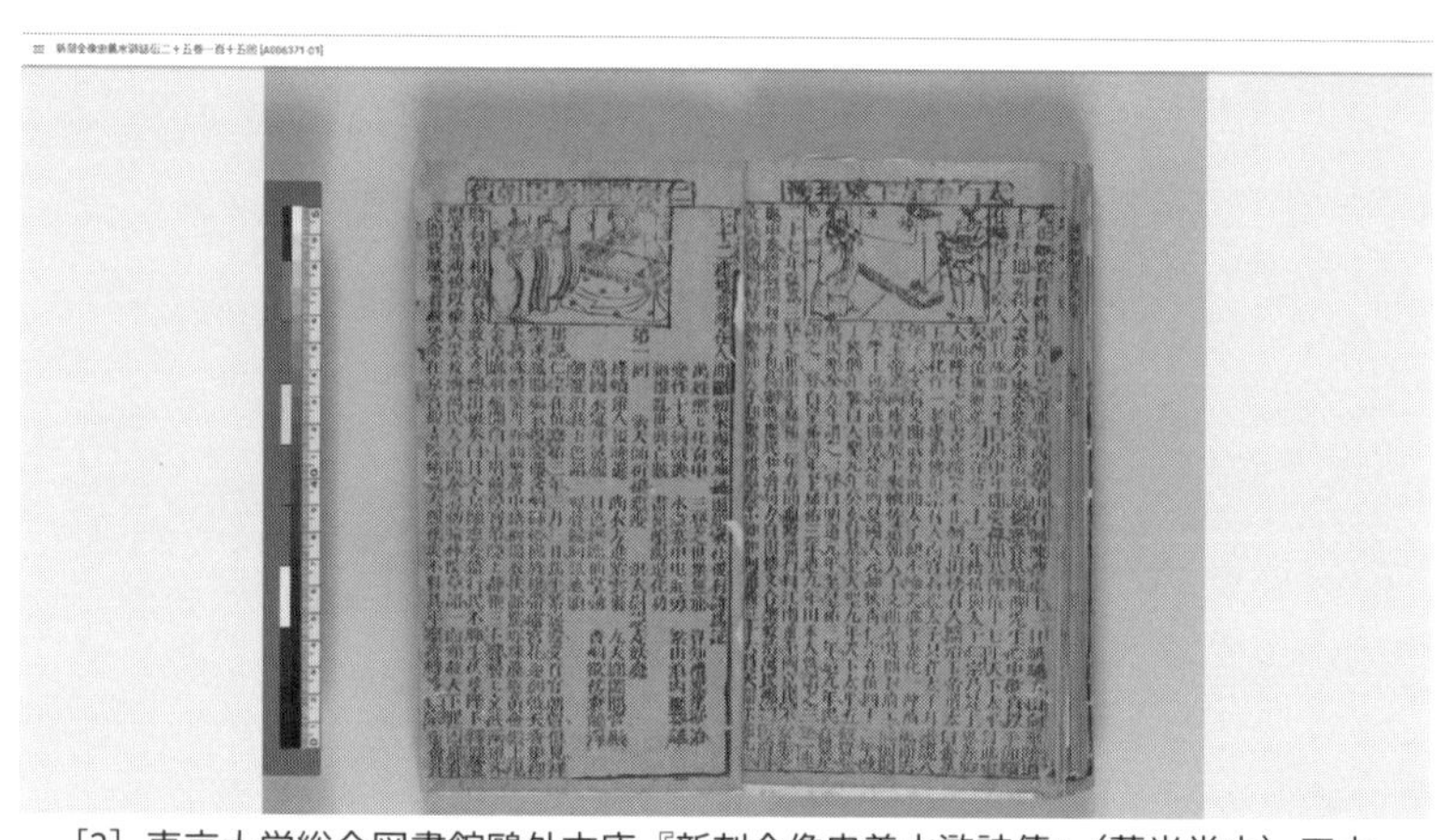

［3］東京大学総合図書館鷗外文庫『新刻全像忠義水滸誌傳』（藜光堂本）正文

念に共感するプロジェクトのひとつであるわけです。

この本は物語を二十五の巻に分けています。そして、半葉（はんよう）——現在の洋装本の一ページに相当します——ごとに一枚の挿絵、今風に言えば全ページに一枚の挿絵があります。絵の上にはそのタイトルに相当する文言があり、残る三辺は小説のテクストに囲まれています［3］。ちょうど絵を文章の中に嵌め込んだような構造になっていることから、「嵌図本（かんずほん）」と呼ばれています。

(2)『新刻全像水滸傳』二十五巻一百十五回

こちら［4］も同じく「嵌図本」のひとつ、『新刻全像水滸傳』二十五巻一百十五回です。東京大学東洋文化研究所双紅堂（そうこうどう）文庫に収められてます。

東洋文化研究所は早くから資料の保存と利用の両立のためにデータベースを用意されていまして、わたくしどもの学ぶべき貴重な先例です。この本もすでに「東京大学東洋文化研究所双紅堂文庫全文影像資料庫」▼注[2]および「東京大学東洋文化研究所所蔵漢籍善本全文影像資料庫」▼注[3]でその画像を見ることができます［5］。このデータベースは、その作成時期が早かったため、画像データ

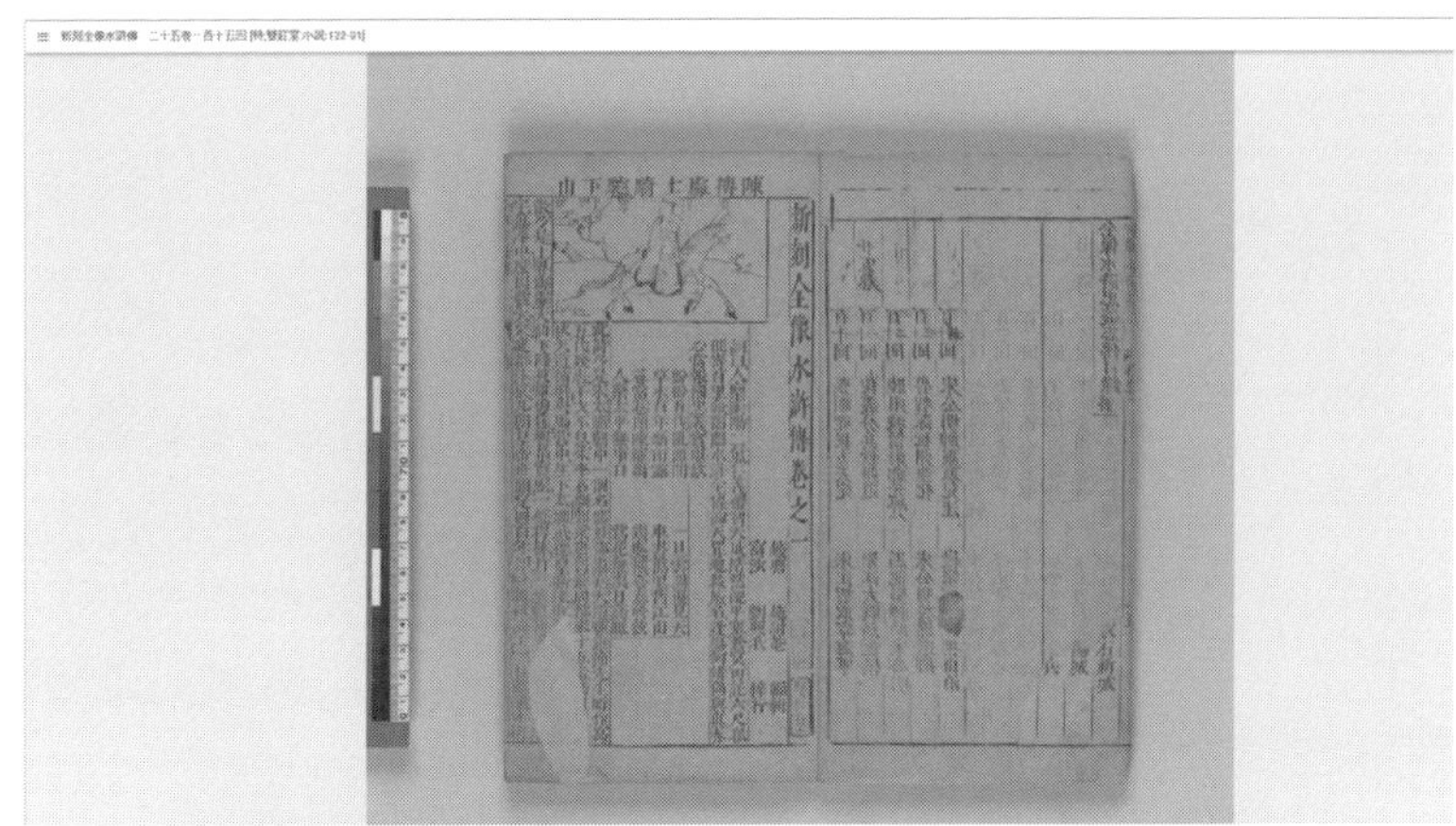

[4] 東京大学東洋文化研究所双紅堂文庫『新刻全像水滸傳』（劉興我本）

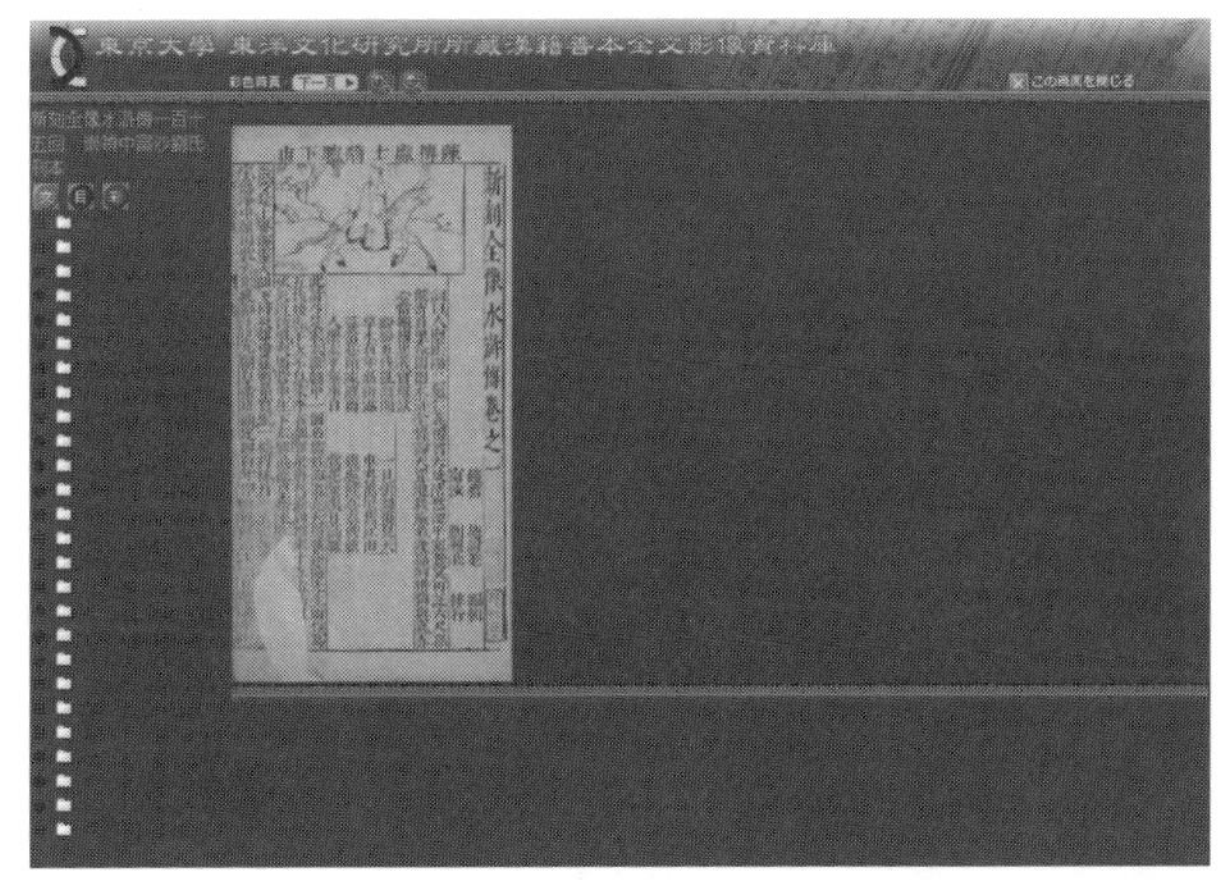

[5]『新刻全像水滸傳』東京大学東洋文化研究所所蔵漢籍善本全文影像資料庫

の規格が現在の主流のものと異なるだけでなく、一部を除きモノクロでの提供となっています。そこでU-PARLは、——まことに僭越ながら——こちらであらためてIIIF形式に堪える高精細のフルカラーで再撮影したいと申し出、幸いにも東洋文化研究所のご快諾をいただきました。現在見ていただいているのは[4]、その再撮影画像です。

この本は、巻首に見える刊行者名から「劉(りゅう)

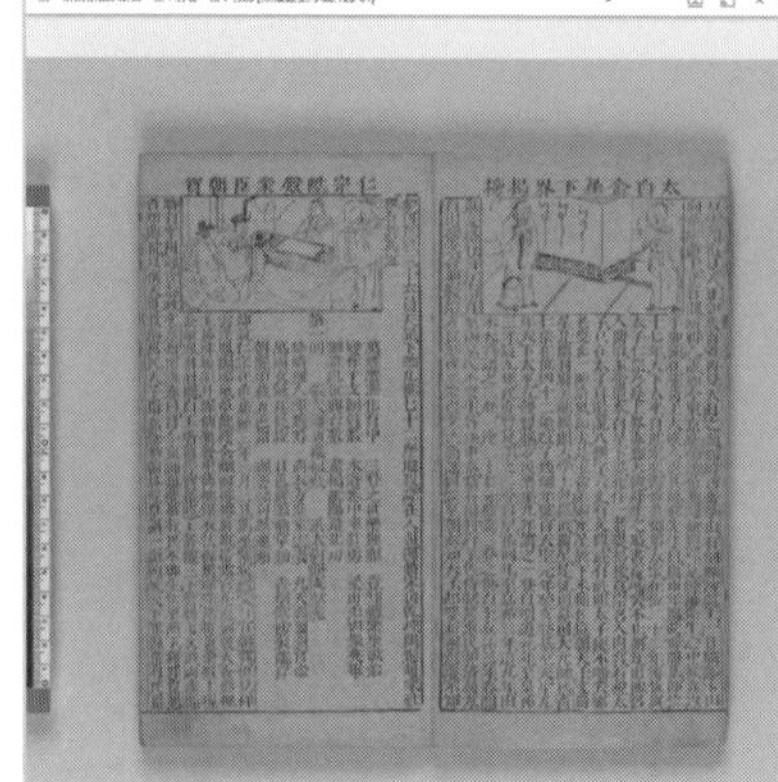
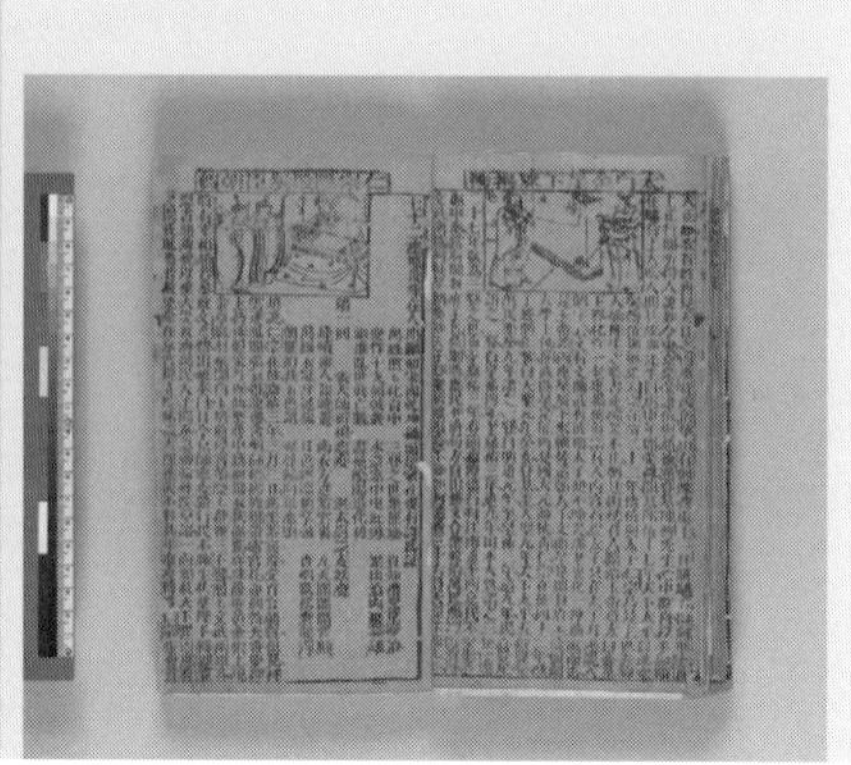

［6］Miradorビューワーで両者を比較　【左】劉興我本　【右】藜光堂本

興我本（こうがほん）」と呼ばれていますが、この本と同じものはほかに現存が確認されていません。

劉興我本と先の藜光堂本を並べてみると［6］、版面の見た目も、挿図の図柄も、本文もよく似ています。しかし、完全には一致しません。

これまでの研究成果で、劉興我本と藜光堂本とは共通の祖先をもつ比較的近い関係にあり、劉興我本のほうがより祖先に近い文章を残していて、藜光堂本のほうでは継承の際に生じた誤りがあるほか、編集者が意図的に文章を直したと考えられる箇所もあると考えられています。つまり両者は、嵌図本の源流と継承を探る上でも貴重な資料であると言えます。

①そのほかの嵌図本（1）——親賢堂本

続きまして、ドイツ・ベルリンの国立図書館所蔵『新刻全像忠義水滸傳』二十五巻一百十五回をご覧いただきます。▼注［4］

ご覧の通り封面［7］に「親賢堂（しんけんどう）」とあることから「親賢堂本」と呼ばれています。上半分の絵が藜光堂本にそっくりなのがおわかりいただけるかと思います。

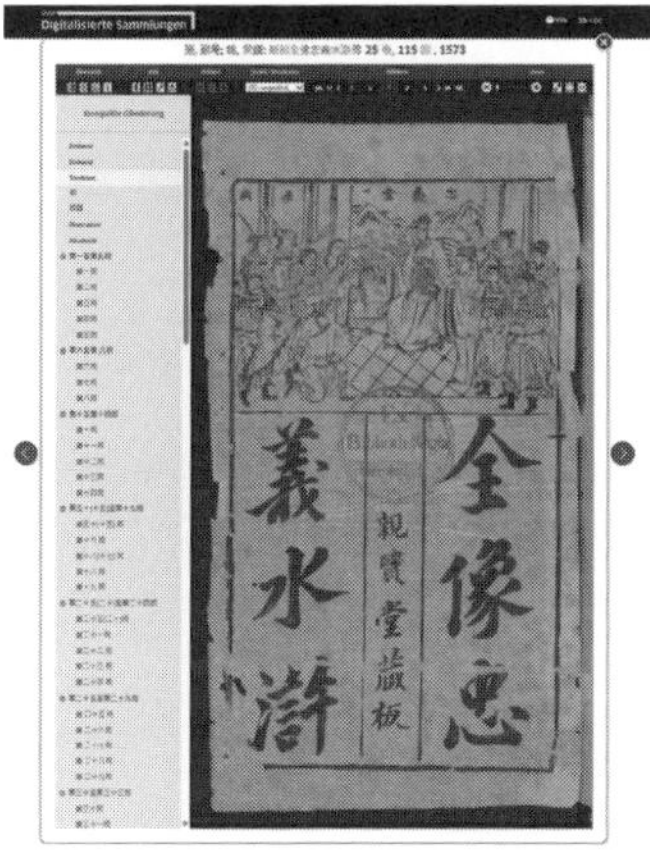

[7] ベルリンの国立図書館所蔵『新刻全像忠義水滸傳』封面

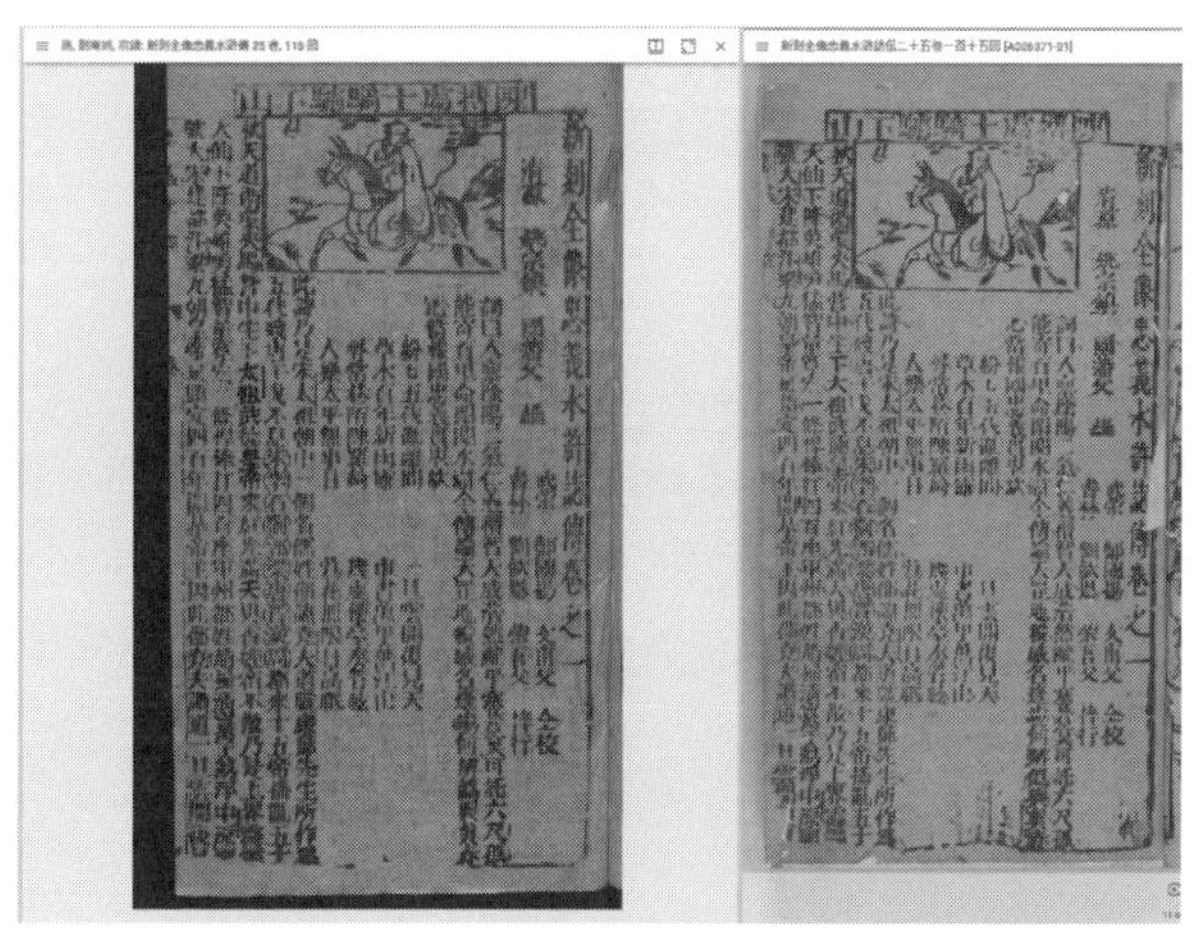

[8]『新刻繪像忠義水滸全傳』【左】親賢堂本　【右】藜光堂本

この本を見ると、文字が欠けているところが一致するなど、藜光堂本と版面がそっくりです。これまでの研究で、この本は藜光堂本の版木を引き継ぎ、ほぼそのままの状態で刷られた本であると見られています[8]。このため、これまで容易に閲覧できなかった藜光堂本の代わりとしてこの本を利用する研究者もいました。親賢堂本はベルリン図書館のウェブサイトですでに画像が公開されてい

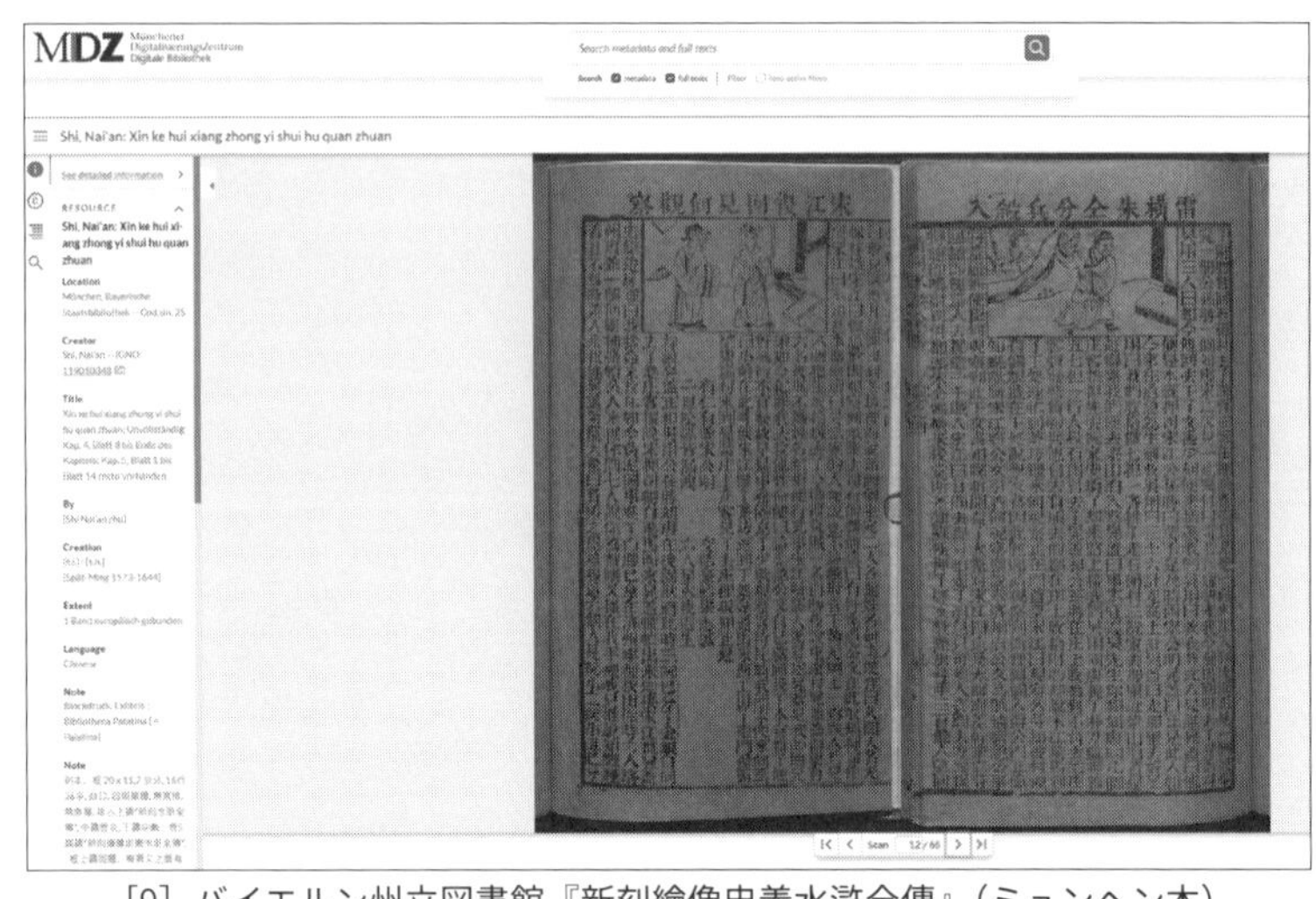

［9］バイエルン州立図書館『新刻繪像忠義水滸全傳』（ミュンヘン本）

て、IIIF 形式にも対応しています。

親賢堂本は藜光堂本を引き継いでいるとはいえ、隅々まで全く同じという保証はありません。こうして容易に対照が可能になったことで、今後より仔細な研究が期待できるわけです。

②そのほかの嵌図本（2）——ミュンヘン本と李漁序本

ドイツにはさらに二点、二十五巻嵌図本があります。

こちら［9］はバイエルン州立図書館にある『新刻繪像忠義水滸全傳』、よく「ミュンヘン本」と呼ばれます。[注5] 巻四の後半と巻五の前半のみが残っている状態（残巻）です。

そしてこちら［10］は、ベルリンの国立図書館にある『新刻全像忠義水滸傳』二十五巻一百十五回。序文末尾の署名から「李漁序本」と呼ばれています［11］。どちらも所蔵図書館のウェブサイトにてデジタル画像が公開されています。

つまり、遅ればせながら藜光堂本のデジタル画像が公開されたことにより、これまで比較対照が不便であった五種の二十五巻本がみな IIIF の規格で公開されたため、手元の機

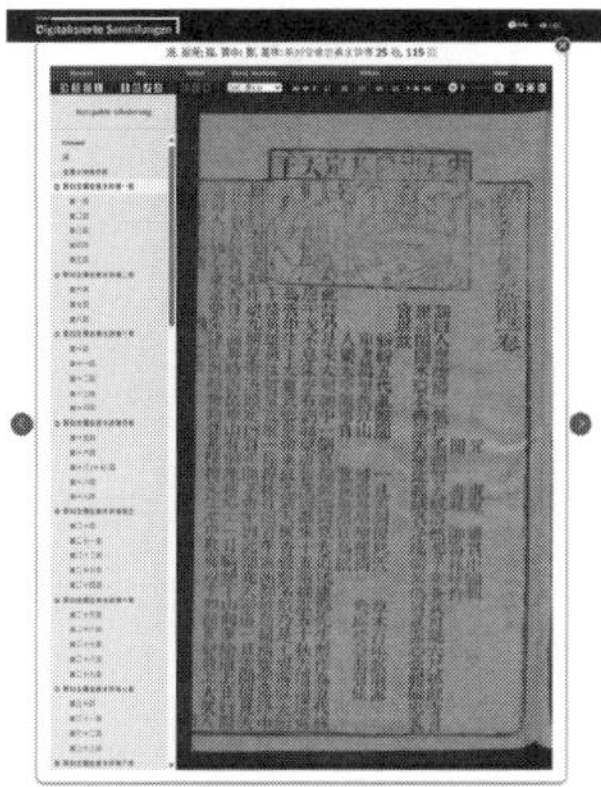

［10］ベルリンの国立図書館『新刻全像忠義水滸傳』二十五巻一百十五回（李漁序本）

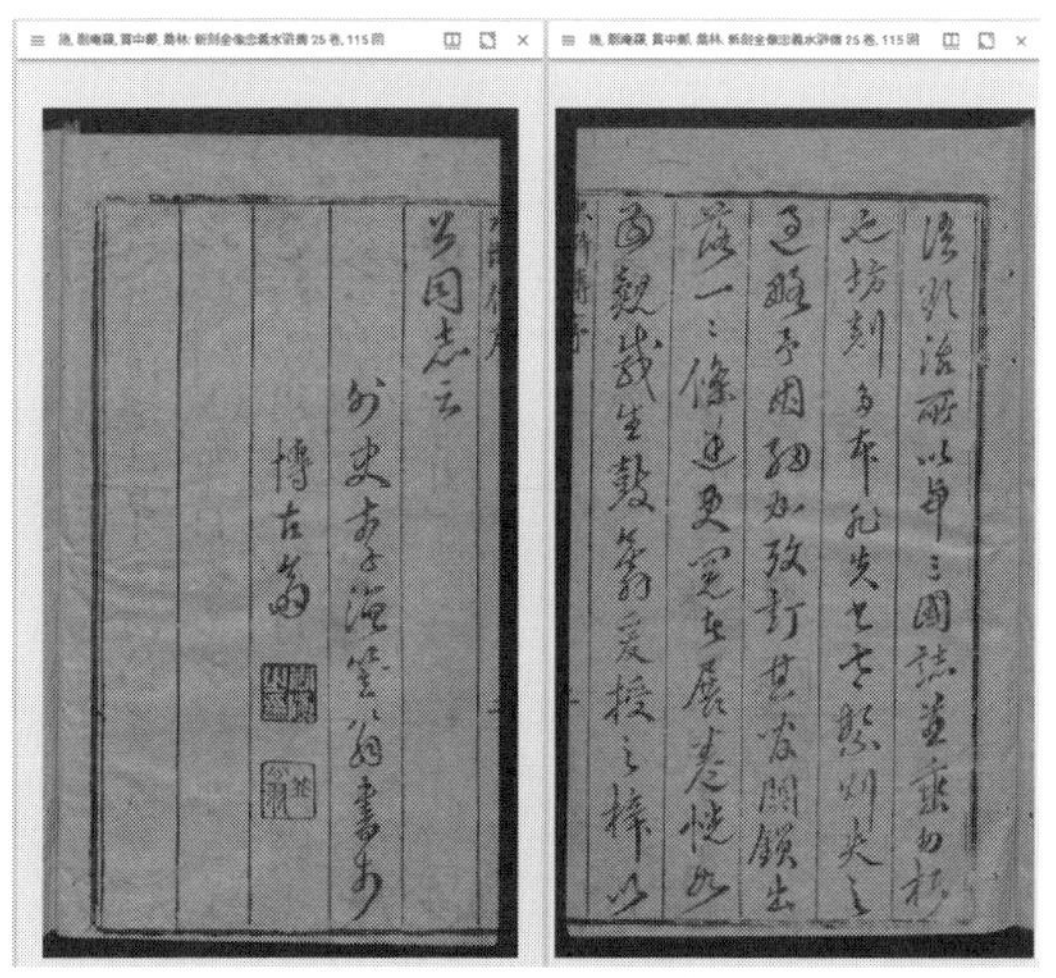

［11］ベルリンの国立図書館『新刻全像忠義水滸傳』序文末尾

器上で、容易に比べられるようになったわけです。

そこでさっそくこのように四点を並べますと風格はよく似ています［12］。文章を見ても、字体が異なるところはまま見られるものの、ほぼ同じ文章であり、お互いにかなり近い関係にあり、確かに百十五回嵌図本という一グループをなしていることがよくわかります[13]。しかしながら、図と、その上にある図題に目を移しますと、

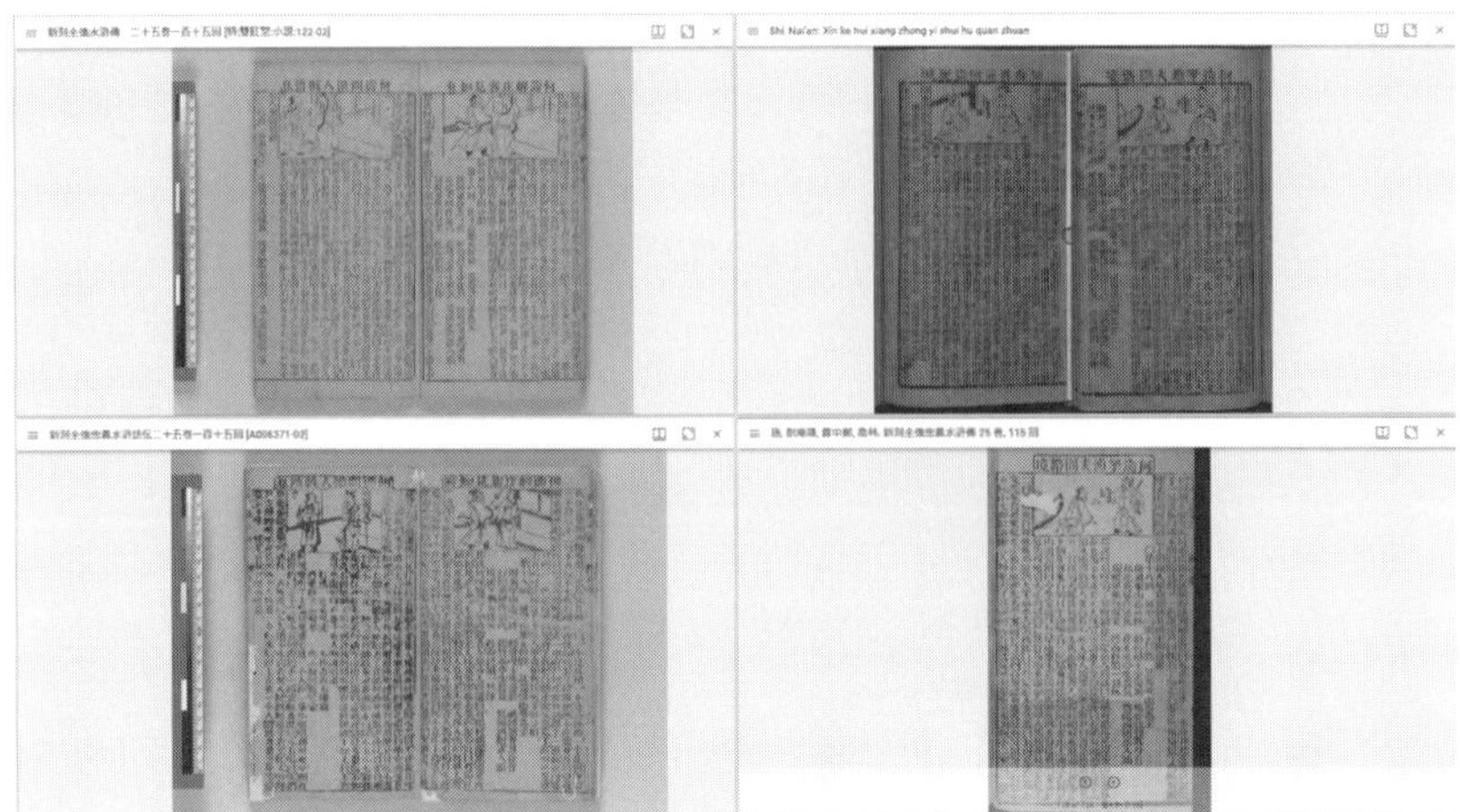

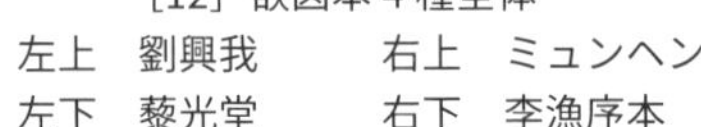

［12］嵌図本 4 種全体

左上　劉興我　　　右上　ミュンヘン

左下　藜光堂　　　右下　李漁序本

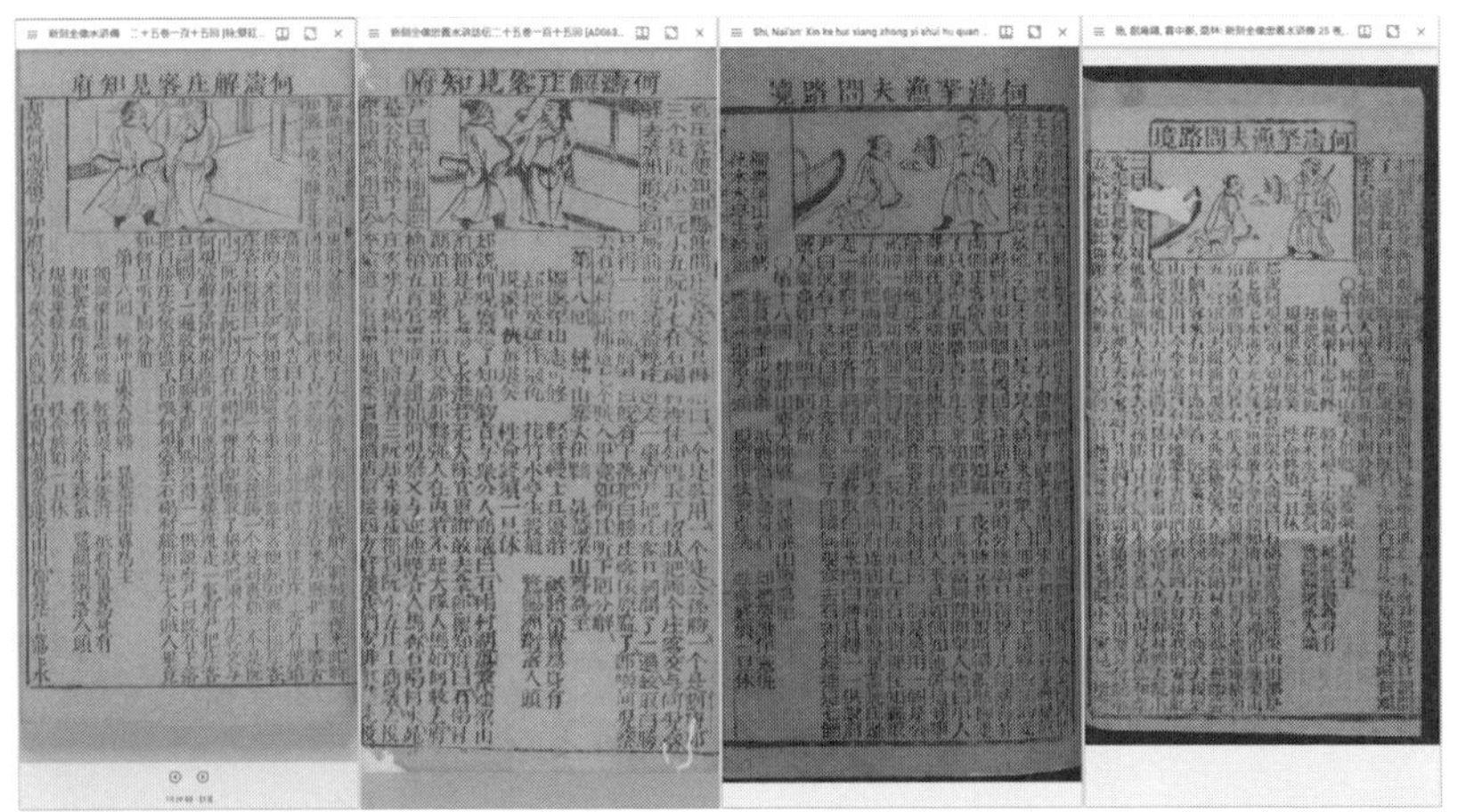

［13］嵌図本 4 種正文

劉興我　　　藜光堂　　　ミュンヘン　　　李漁序本

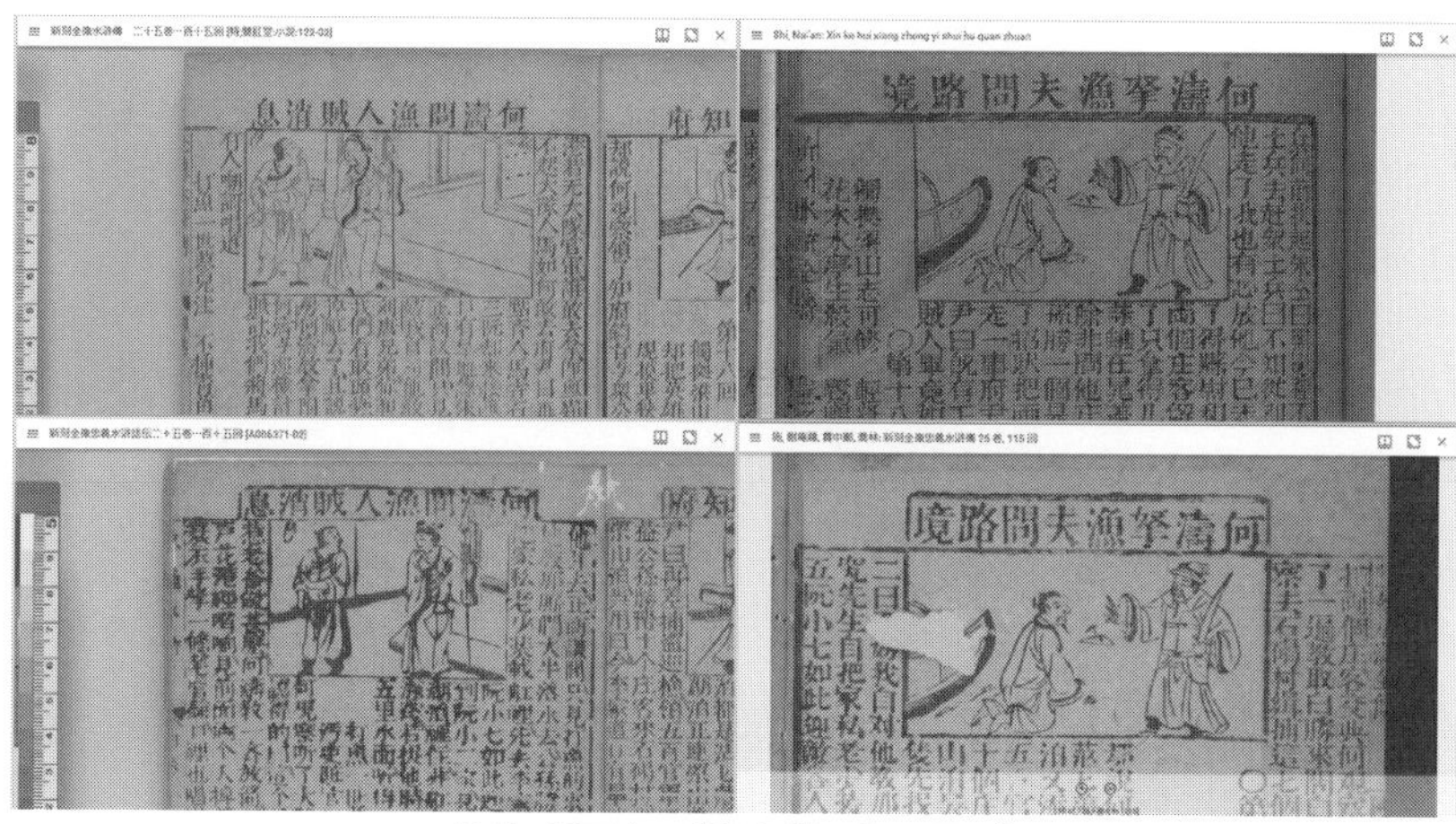

［14］嵌図本 4 種図（［13］と同じ）

右のミュンヘン本・李漁序本が共通し、左側の劉興我本、藜光堂本がまた共通している。このように二つの組に分けられることがわかります［14］。百十五回嵌図本グループと言っても、継承の過程で内部でさらに小さなグループができているわけです。

この「嵌図本」は現存が確認されている点数が少ない上、そのうち二点が東京、残るものはヨーロッパと遠く離れて存在しているため、海外の研究者たちにとって悩みの種となっていました。昔の先生方が苦労に苦労を重ねてようやくたどりつけたことに、私たちは今こうして、一つの画面上で近づくことができるわけです。

そうした昔の先生方の書かれたものを読んでいますと、たとえば海外の研究者からどこにどのような書物が残っているらしいという貴重な情報を得たとか、誰々の紹介で閲覧にこぎつけたとか、誰々を通じてコピーをようやく手に入れたとか、さまざまなご苦労があったことが知れます。このような研究者同士の連携、情報交換はすばらしいことですし、日ごろの努力のたまものであると思います。このような研究者のつながりがこれからも重要であることは間違いのないことです。

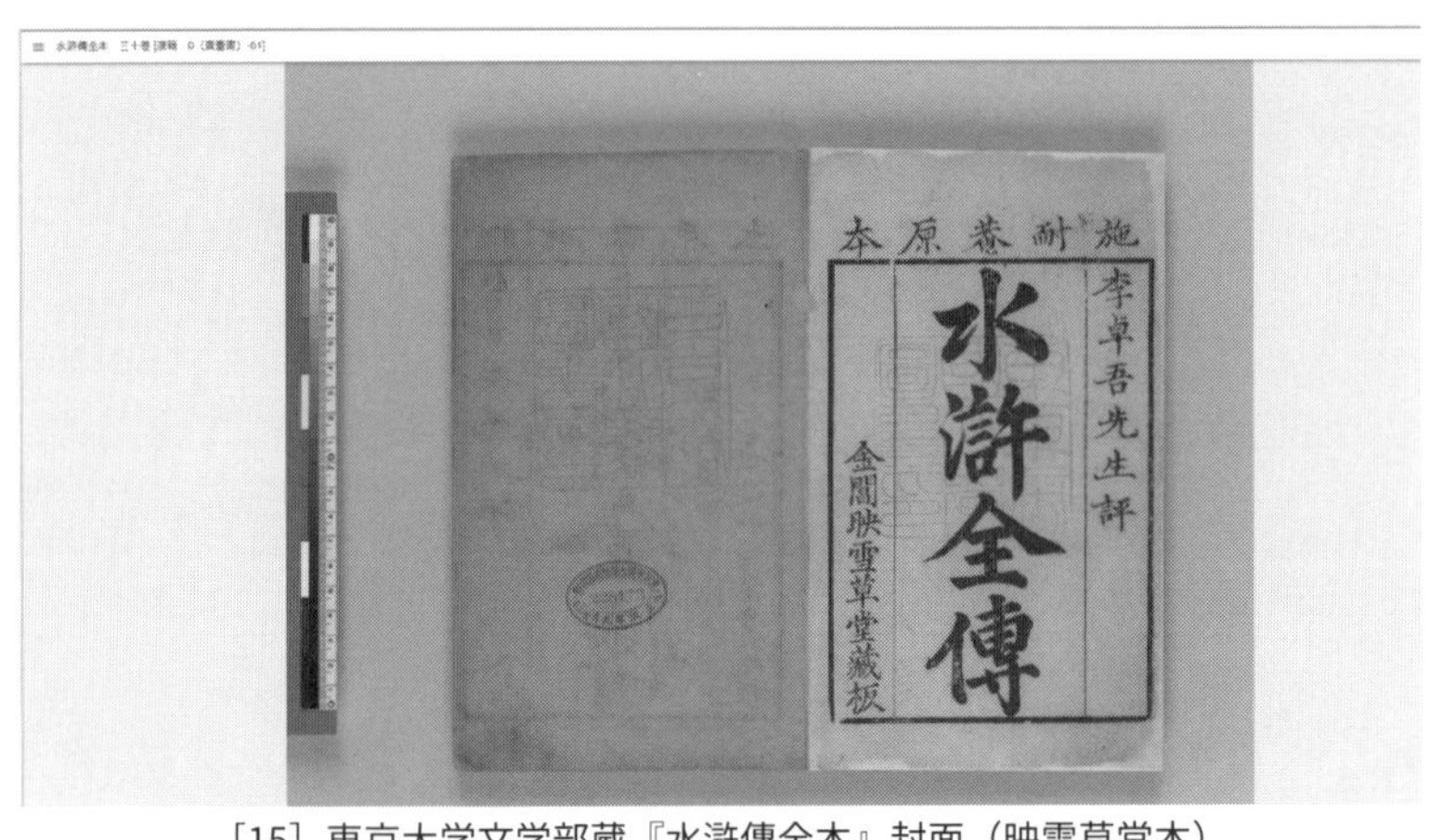

［15］東京大学文学部蔵『水滸傳全本』封面（映雪草堂本）

しかし一方で、研究者として実績を積み、しかるべき研究者との交友関係がなければテキストという基本資料すら見ることもできないという状況は、これから研究の道に進もうかという学生の入り口を狭めてはいないでしょうか。そして、仮にコピーを手に入れたとしても、私的に手に入れたコピーを果たして堂々と学会の場や研究論文の形で公表してよいものか、そうした権利上の問題も生じてくるものかと思います。それに対して、こうして私どもも含めまして、所蔵機関自身が責任をもって資料を公開する、その価値は決して小さくないと思います。そしてまた、研究者に限らず、もしもそういった資料を目にする機会があれば研究に興味を持つかもしれなかった人々や、学術界の外にいる方々に、我々共有の文化財にどのようなものがあるのか触れる機会を作る、そういったこともたいせつであると思います。もちろん、貴重資料の扱いにまだ習熟しない方にフリーパスで実物を見せるというのはありえないことですから、こうした形でまず高精細の画像を提供することが、その欠を補う重要な方法となるはずです。

（3）『水滸傳全本』三十巻

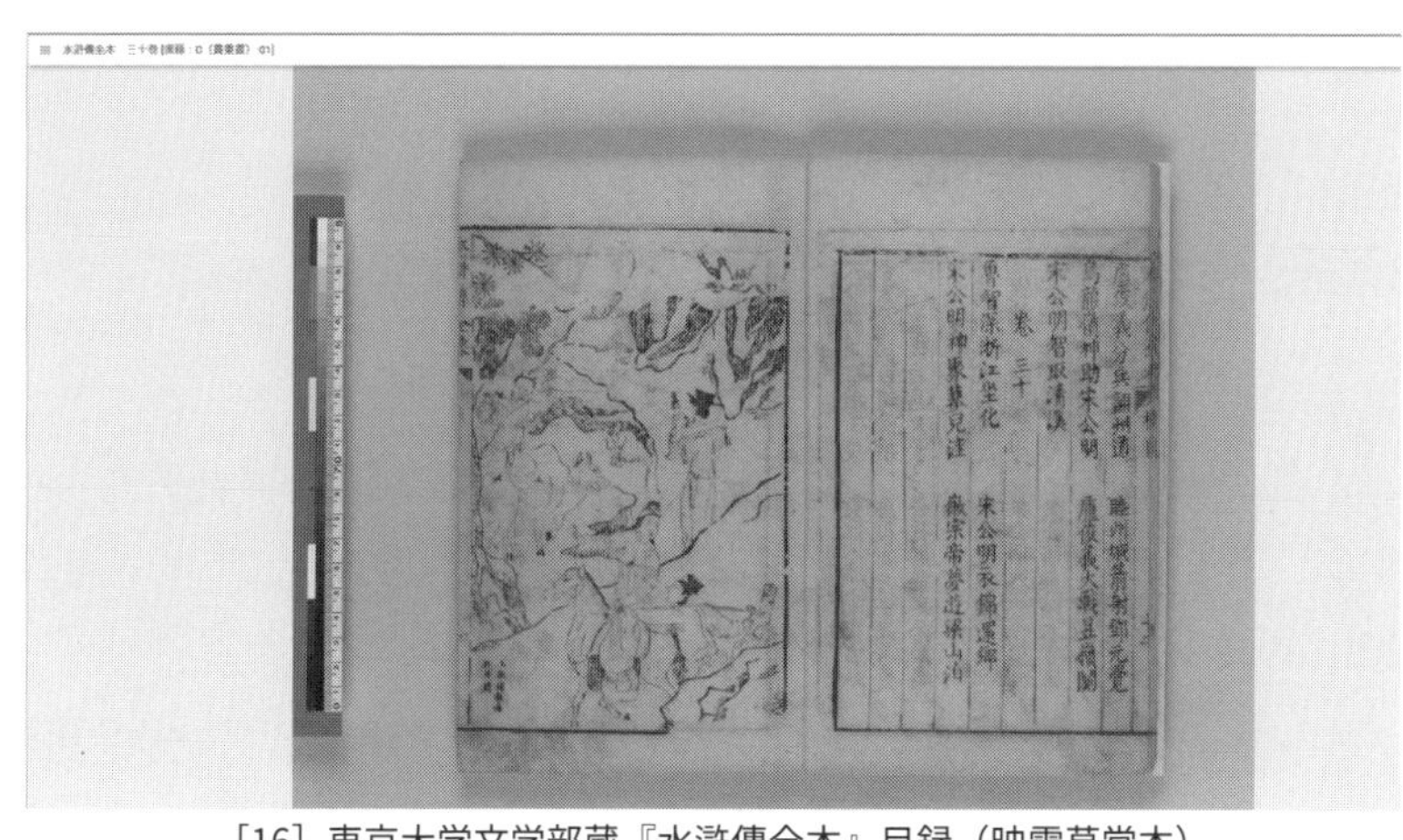
［16］東京大学文学部蔵『水滸傳全本』目録（映雪草堂本）

少し余計なお話が長くなりましたが、「水滸伝コレクション」のご紹介に戻ります。三つめは東京大学文学部蔵『水滸傳全本』三十巻です。

この本は封面の記載［15］から「映雪草堂本（えいせつそうどうほん）」と呼ばれています。この本は三十巻に分かたれていますが、これは「水滸伝」全版本の中でも希少な形式です［16］。テクストも、挿絵も特徴的なものですが、全世界を見渡しても現存するものはごく少なく、これまでの研究でもこの本の素性についてさまざまな議論がなされてきました。

(4)『水滸傳全本』三十巻

そして、その現存数の少ない版本が実は東京大学総合図書館にも一部収められています。さきほどの文学部蔵本と同版です。

この本は本を積み重ねた時、下の小口に十二冊にまたがって大書された「水」の文字が目を引きます［17］。平積みで保管していても「水滸伝」だと一目でわかるように、かつての所有者が記したものでしょう。

このように、書物にはその外見にもさまざまな情報が残っていま

［17］東京大学総合図書館蔵『水滸傳全本』小口

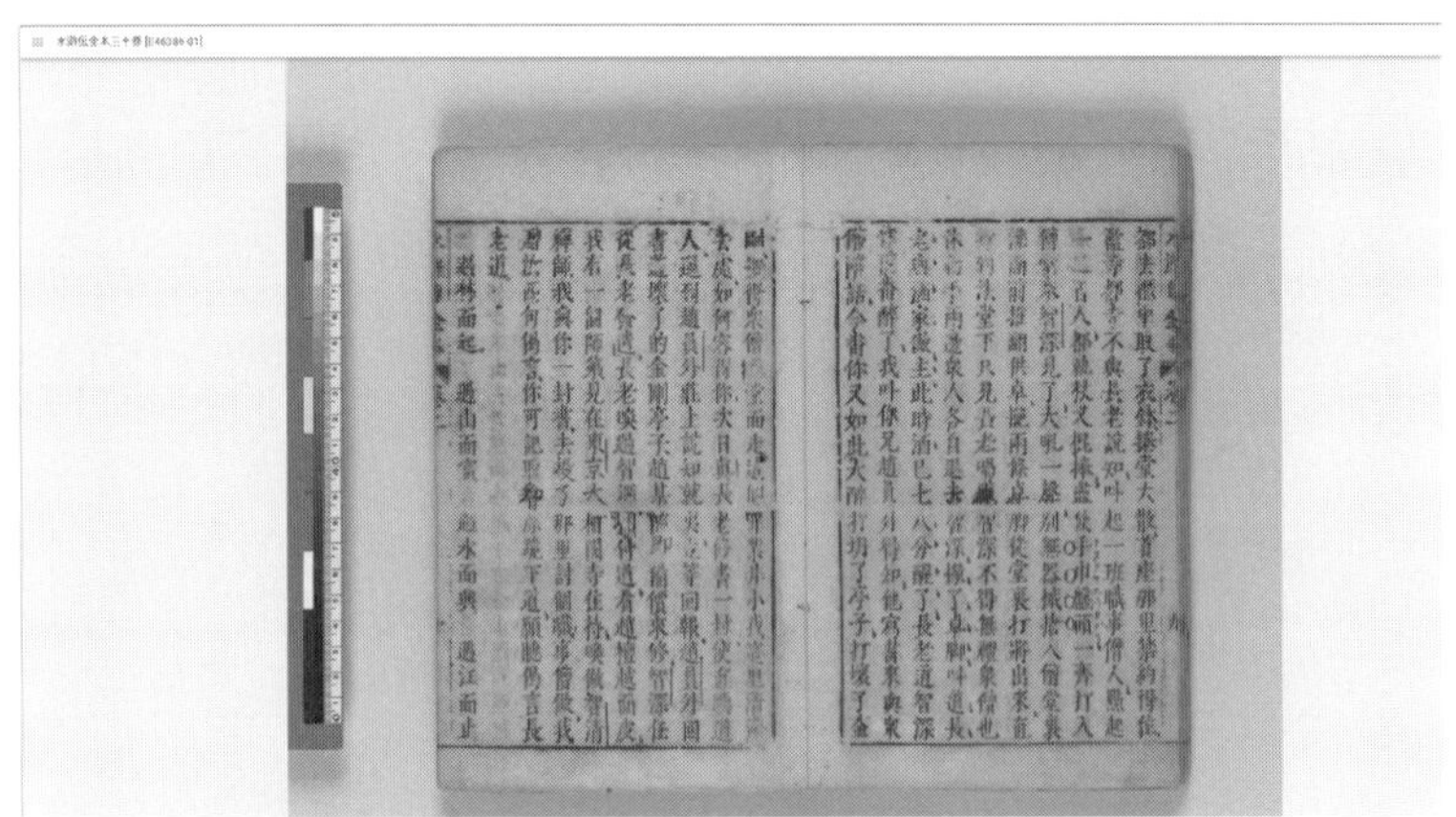

［18］東京大学総合図書館蔵『水滸傳全本』読みにくい葉

す。そこで、私どもは資料撮影の際、書物の外観も上下左右全方向から撮影し、帙や箱があればそれも撮影し、できる限り現在どのような状態になっているかがわかるよう努めています。

　この本には、印刷の時点ですでに傷んで読みにくくなっていたところ［18］や、刊行後の流通の過程でページが破れ、手書きで補ったところ［19］も少なくなく、版本の本来の姿を見るという意味で

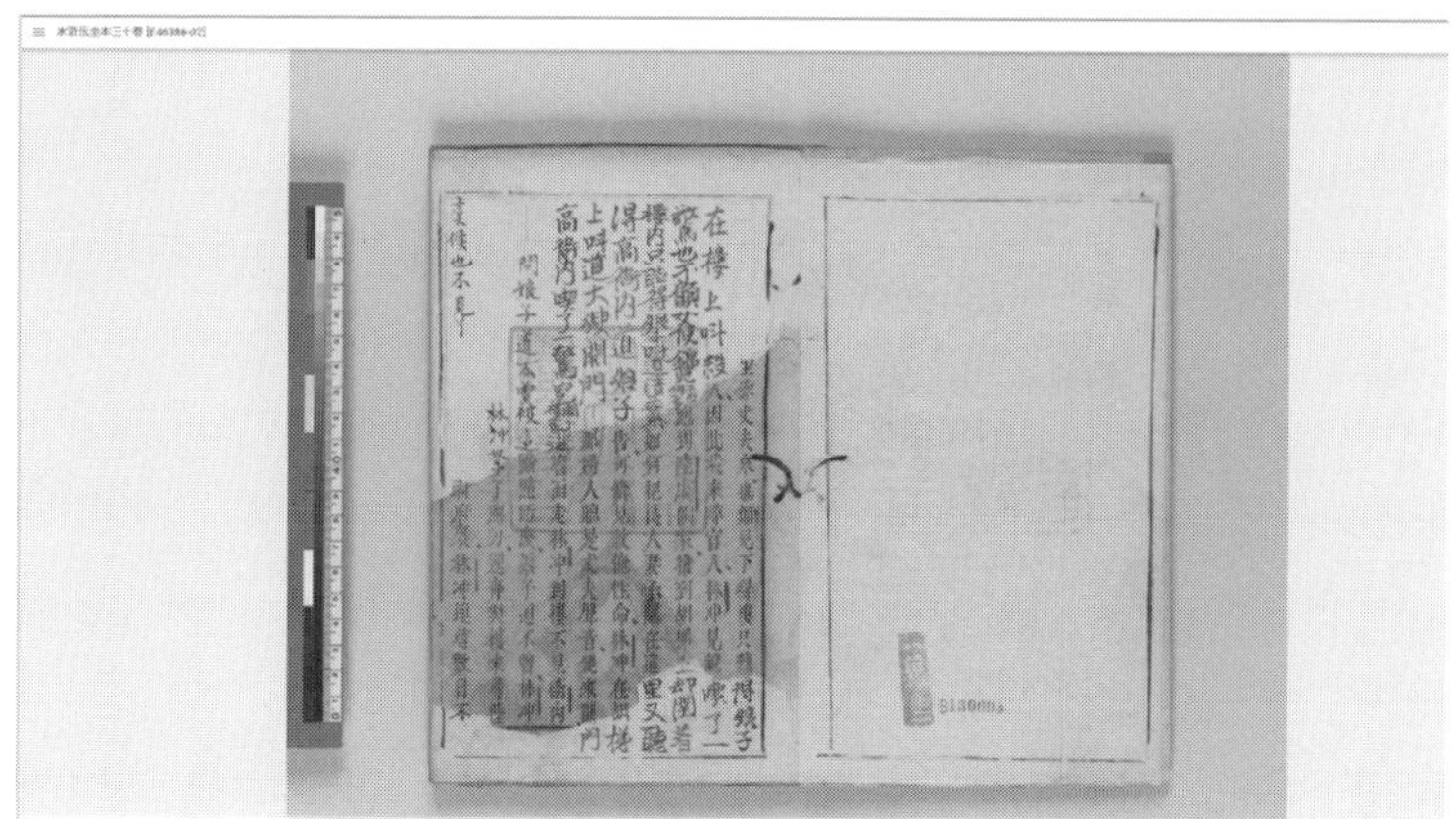
[19] 東京大学総合図書館蔵『水滸傳全本』総図捕鈔

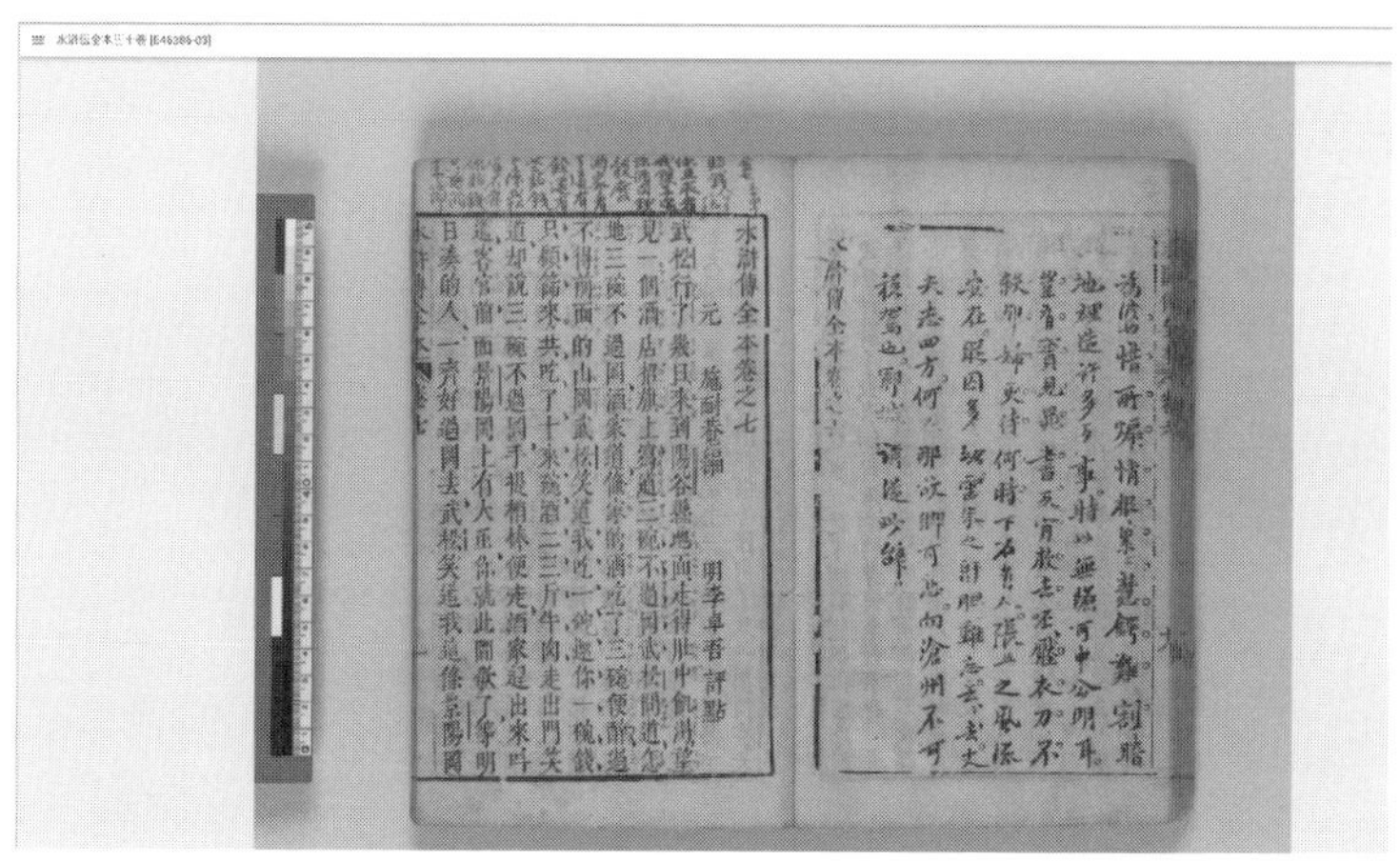
[20] 東京大学総合図書館蔵『水滸傳全本』総図書入れ

は文学部蔵本のほうが明らかに見やすく、もし、三十巻本のテクストを文字に起こして広く世に出そうとするならば、文学部蔵本が選ばれるでしょう。しかし、この総合図書館蔵本には、このように、至るところに元の所有者が、言葉の注釈やほかの版本との違い記した書き入れ[20]が見られます。このような、読書の跡、テクストが生まれたあとに加えられたものを共有するのにデジタル画像はたい

[21] フランス国立図書館蔵『水滸傳全本』三十巻封面

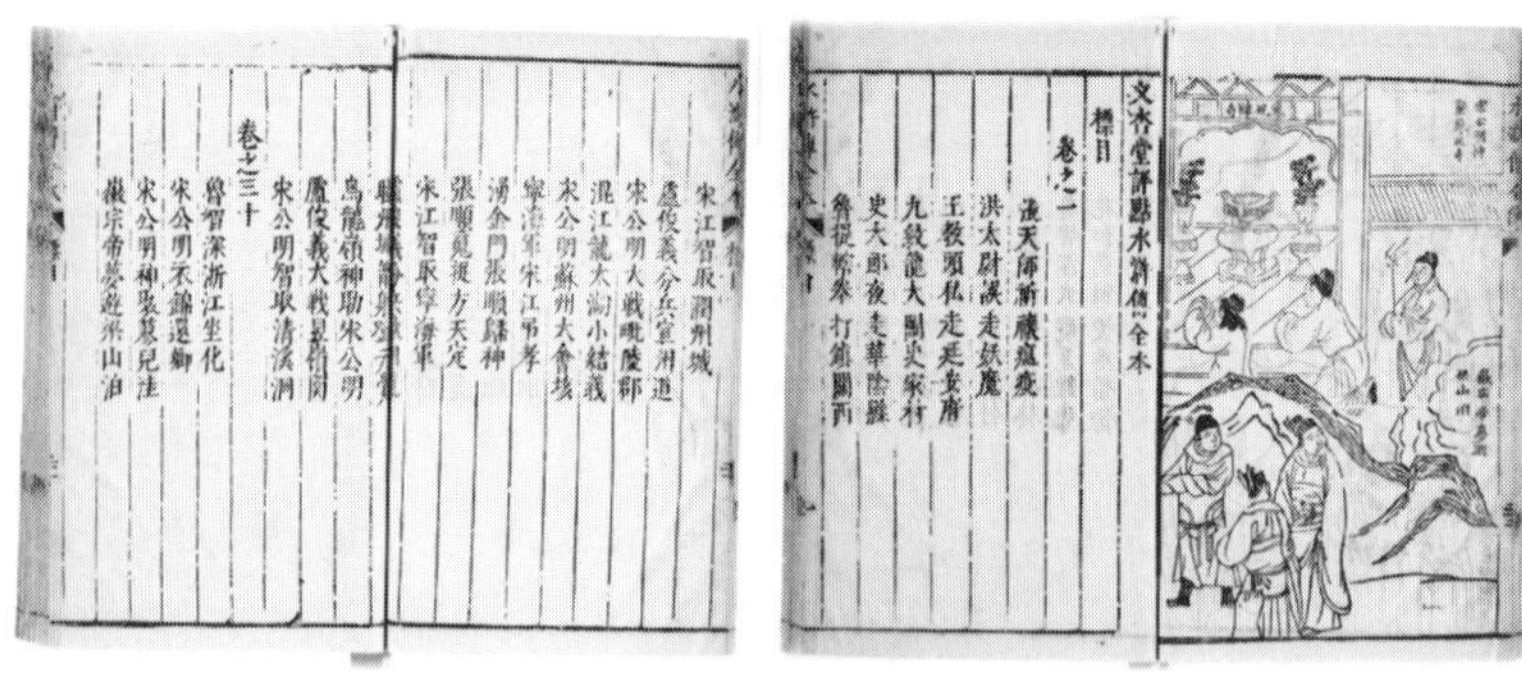
文杏堂評點水滸傳全本
標目
巻之一
張天師祈禳瘟疫
洪太尉誤走妖魔
王教頭私走延安府
九紋龍大鬧史家村
史大郎夜走華陰縣
魯提轄拳打鎮關西

宋江智取潤州城
盧俊義分兵宣州道
宋公明大戰毗陵郡
混江龍太湖小結義
宋公明蘇州大會垓
寧海軍宋江弔孝
湧金門張順歸神
張順魂捉方天定
宋江智取寧海軍
睦州城箭射鄧元覺
烏龍嶺神助宋公明
盧俊義大戰昱嶺關
宋公明智取清溪洞
巻之三十
魯智深浙江坐化
宋公明衣錦還鄉
宋公明神聚蓼兒洼
徽宗帝夢遊梁山泊

[22] フランス国立図書館蔵『水滸傳全本』目録

へん便利です。

そのほかの三十巻本——フランス国立図書館本

現存が確認できる三十巻本としてはほかに、フランス国立図書館(Bibliothèque nationale de FranCe)蔵の『水滸傳全本』、またの名を『文杏堂評點水滸傳』が挙げられます。すでにフランス国立図書館のデジタルコンテンツ「Gallica」▼注[6]で、モノクロ画像が公開されています[21]。

この本、現存するのは第六巻の途中までですが、目次は三十巻本であることを示しています[22]。

そして、試みに、フランスに現存している第六巻の最後の部分と東京大学にある二部の三十巻本とを比べ

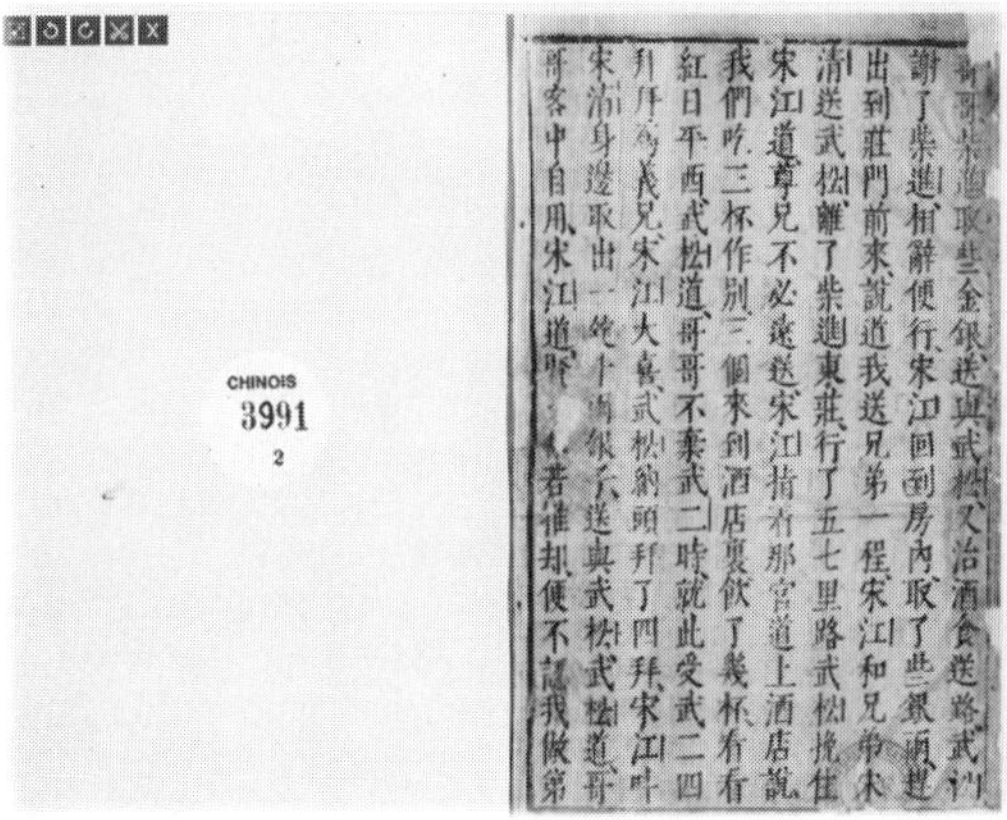

［23］フランス国立図書館蔵『水滸傳全本』三十巻本巻六

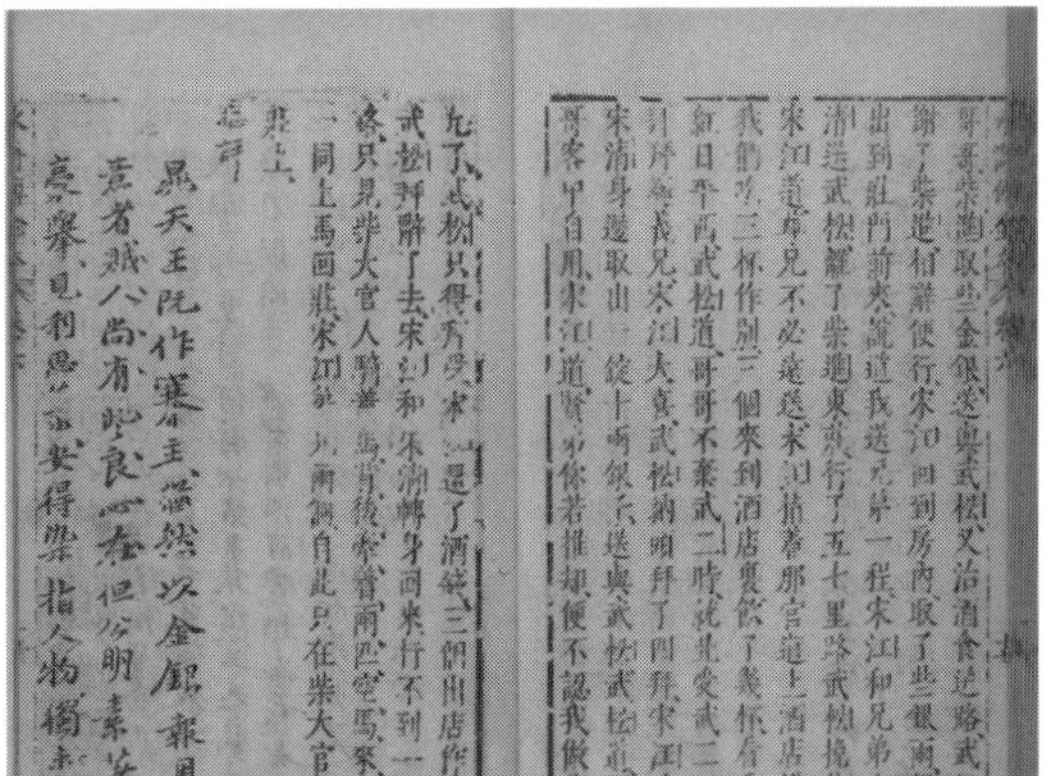

［24］東京大学総合図書館蔵『水滸傳全本』三十巻本巻六

てみますと［23・24］、ご覧の通りまったく同じ版面であることがわかります。

つまり、現在全世界で確認できる三点の三十巻本が、すべてインターネット空間に出そろったことになり、今後の研究の進展が期待できます。

（5）『鍾伯敬先生批評水滸傳』一百巻一百回

「水滸伝コレクション」で公開済みの版本はもう一種あります。それが東京大学総合図書館蔵の『鍾伯敬先生批評水滸傳』一百巻一百回です［25］。

この本は百巻百回本の中では比較的成立が遅いもので、文章は先行する百巻百回本である容与堂本に全面的に基づいています。これは先ほど小松さんのご講演の中で言及があったところですが、容与堂本系統の諸本の中でも特にどの段階の本かというところまで、かなり詳細にわかっています。

［25］東京大学総合図書館蔵『鍾伯敬先生批評水許傳』大函

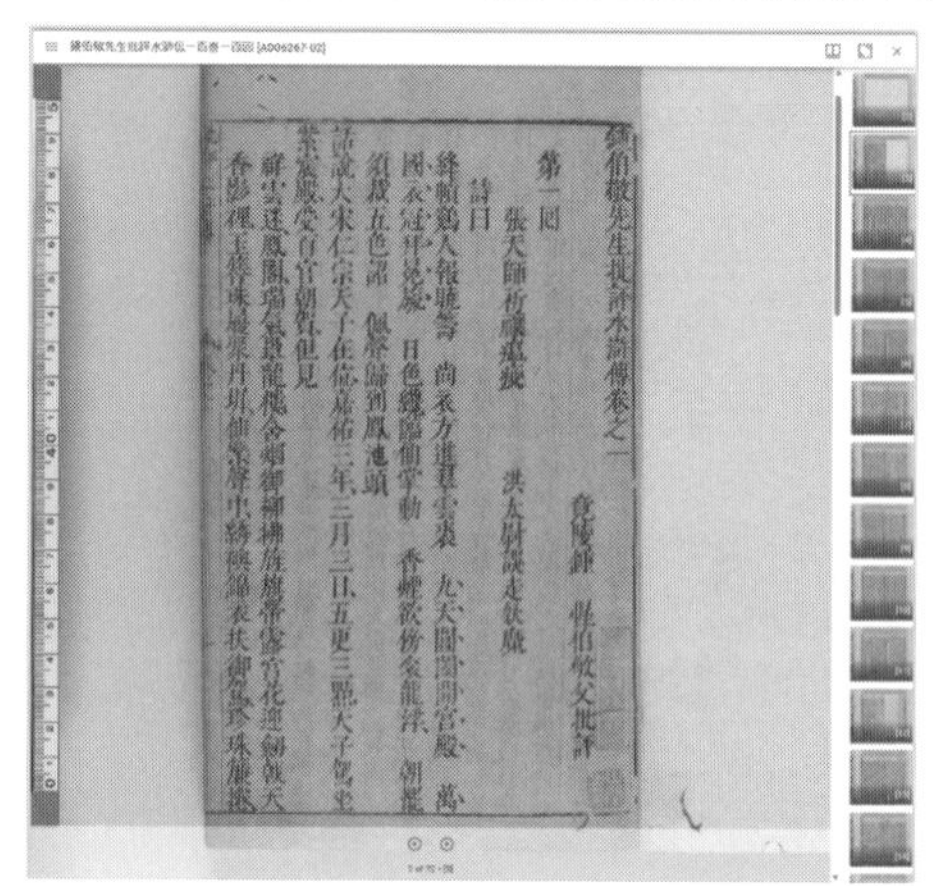

鍾伯敬先生批評水滸傳卷之一
竟陵鍾　惺伯敬父批評
第一回
張天師祈禳瘟疫　洪太尉誤走妖魔
詩曰
絳幘鷄人報曉籌　尚衣方進翠雲裘　九天閶闔開宮殿　萬
國衣冠拜冕旒　日色纔臨仙掌動　香烟欲傍衮龍浮　朝罷
須裁五色詔　佩聲歸到鳳池頭
話說大宋仁宗天子在位嘉祐三年三月三日五更三點天子駕坐
紫宸殿受百官朝賀但見
祥雲迷鳳閣瑞氣罩龍樓含煙御柳拂旌旗帶露宮花迎劍戟天
香影裏玉簪珠履聚丹墀仙樂聲中繡襖錦衣扶御駕珍珠簾捲

［26］東京大学総合図書館蔵『鍾伯敬先生批評水許傳』巻一

東京大学のこの本は、ご覧の通り立派な木の箱に収められています［25］。巻之一冒頭［26］をご覧になればわかる通り、保存状態もなかなかよいのですが、残念ながら一冊目が欠けています。積み重ねた状態［27］で横から見ると、一冊目だけ紙が新しいことがよくわかります。

その一冊目［28］を見てみますと、このように元の所有者が手書きで補ったものになっています。この手書き

［27］東京大学総合図書館蔵『鍾伯敬先生批評水滸傳』積み重ね

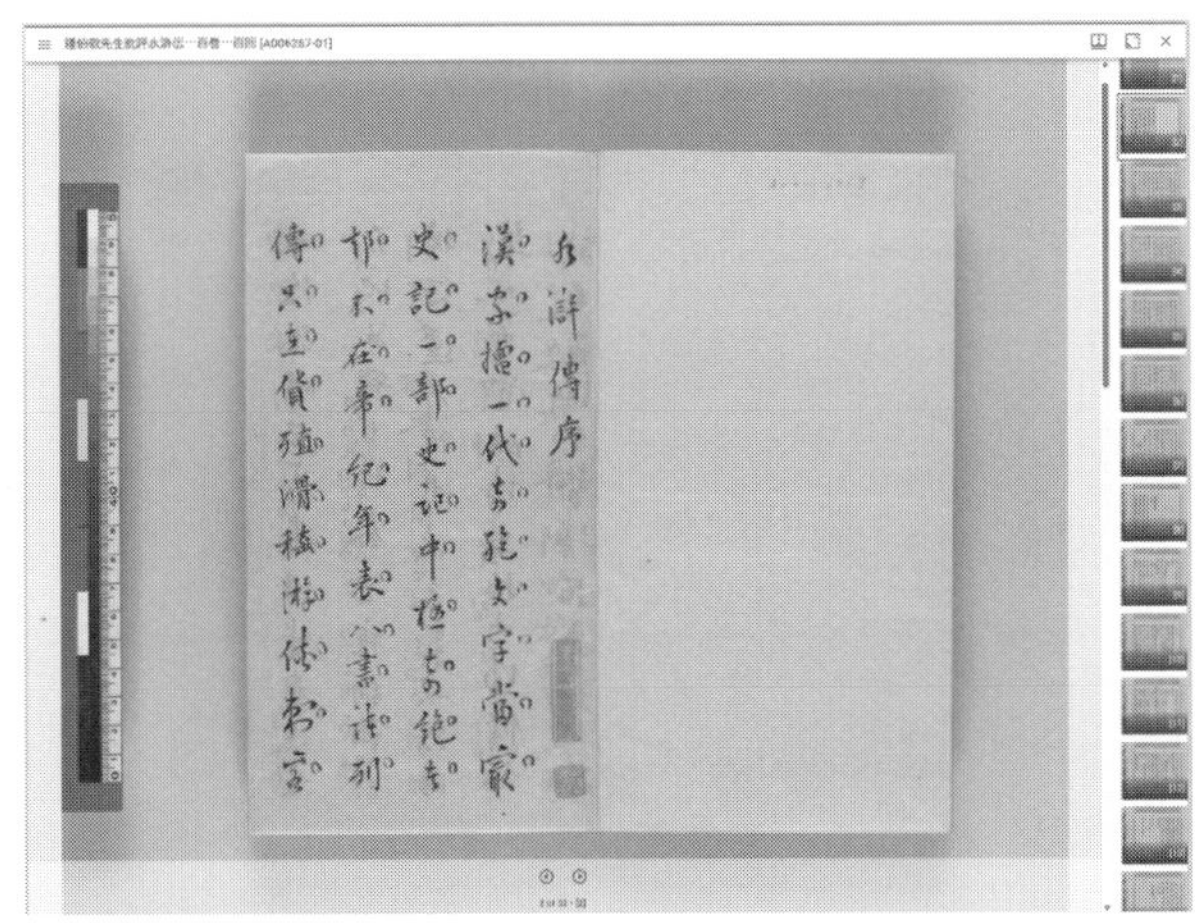

［28］東京大学総合図書館蔵『鍾伯敬先生批評水滸傳』補鈔冊

での補いは、一冊目に限らず最終冊の最後の部分などにも見ることができます。

①そのほかの鍾伯敬本

（1）――フランス国立図書館本

この『鍾伯敬先生批評水滸傳』は、ほかに二点の存在が知られています。一つはフランス国立図書館（Bibliothèque nationale de FranCe）の蔵本で、これもフランス国立図書館のデジタル図書館「Gallica」

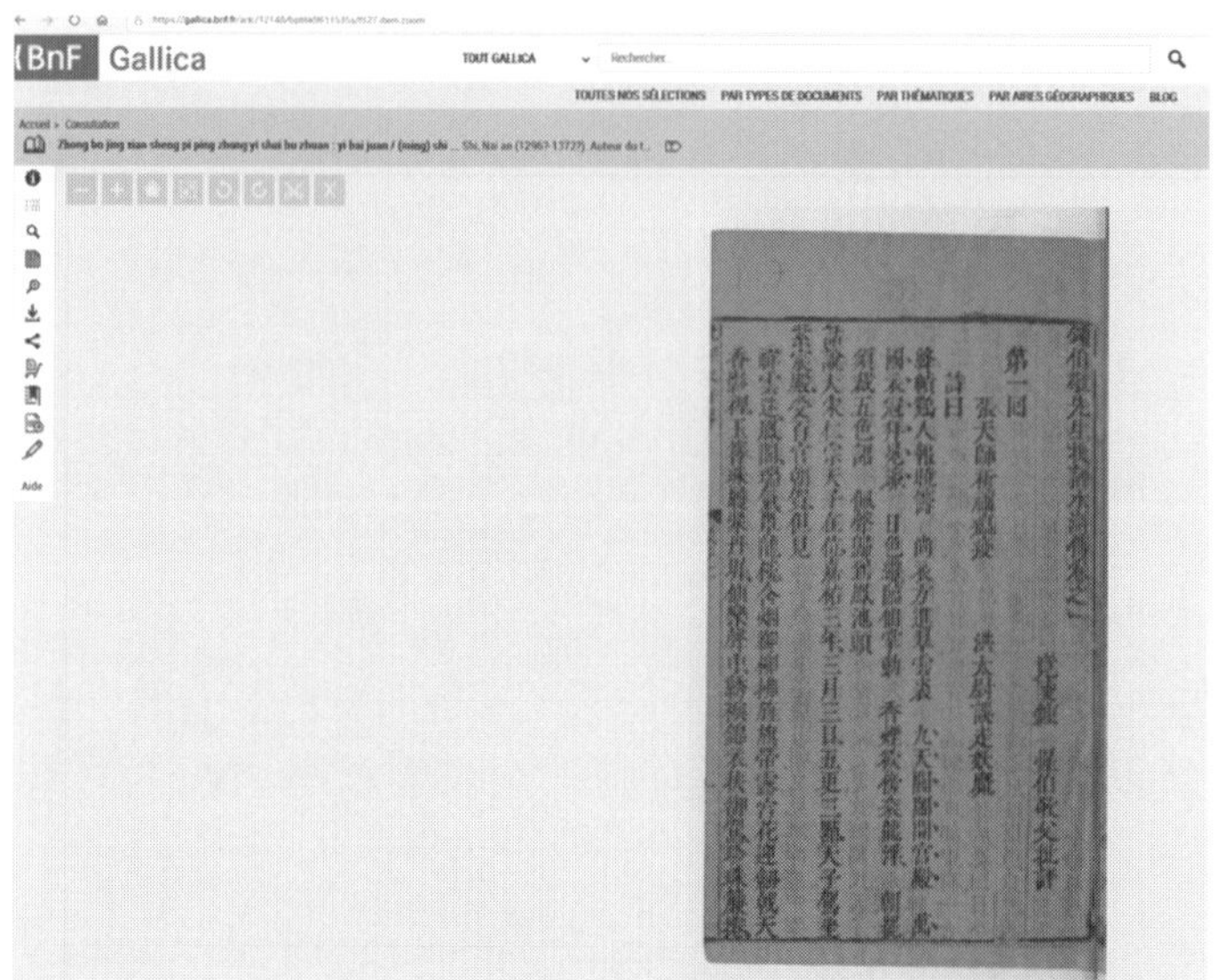

［29］フランス国立図書館蔵『鍾伯敬先生批評水滸傳』巻一

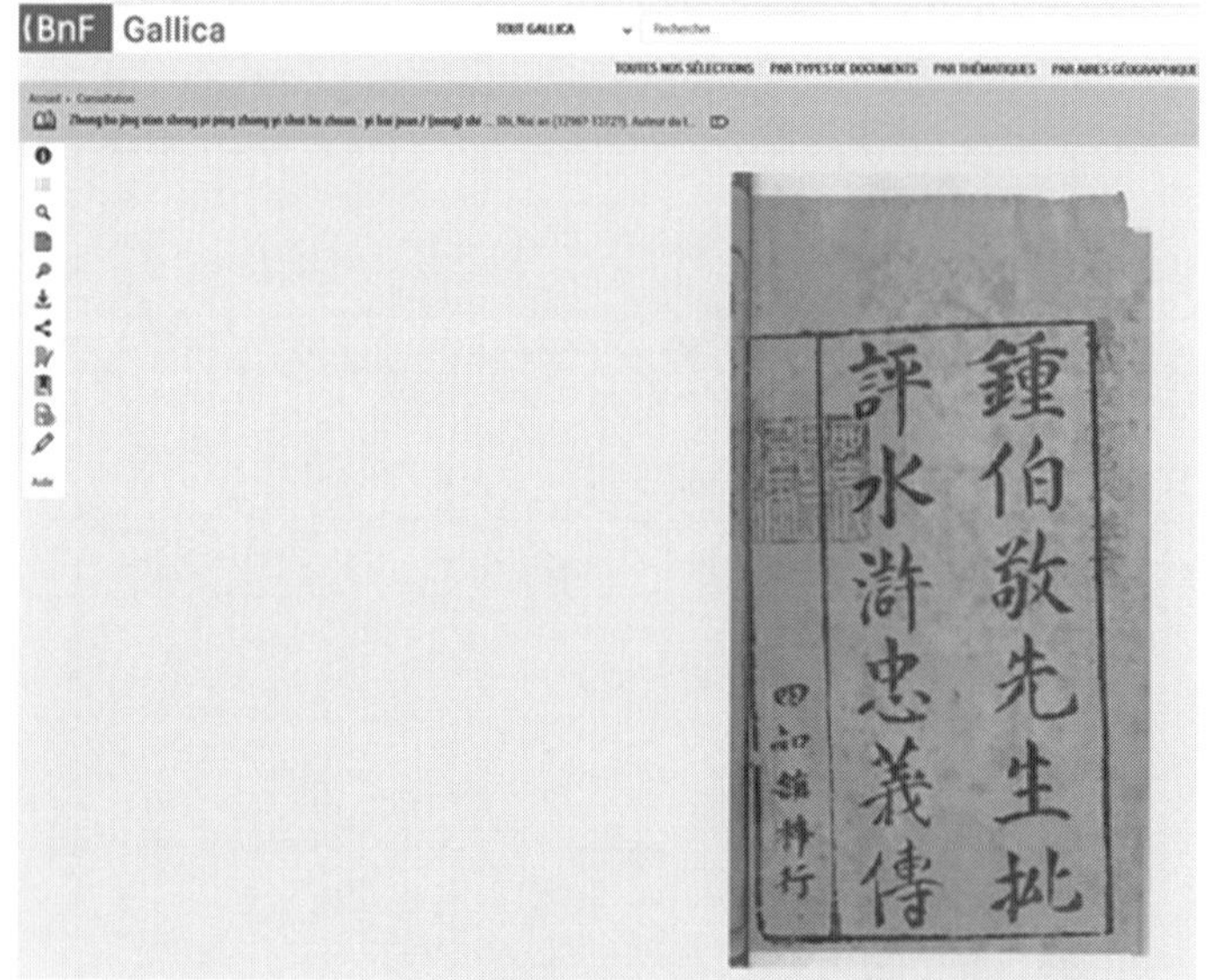

［30］フランス国立図書館蔵『鍾伯敬先生批評水滸傳』封面

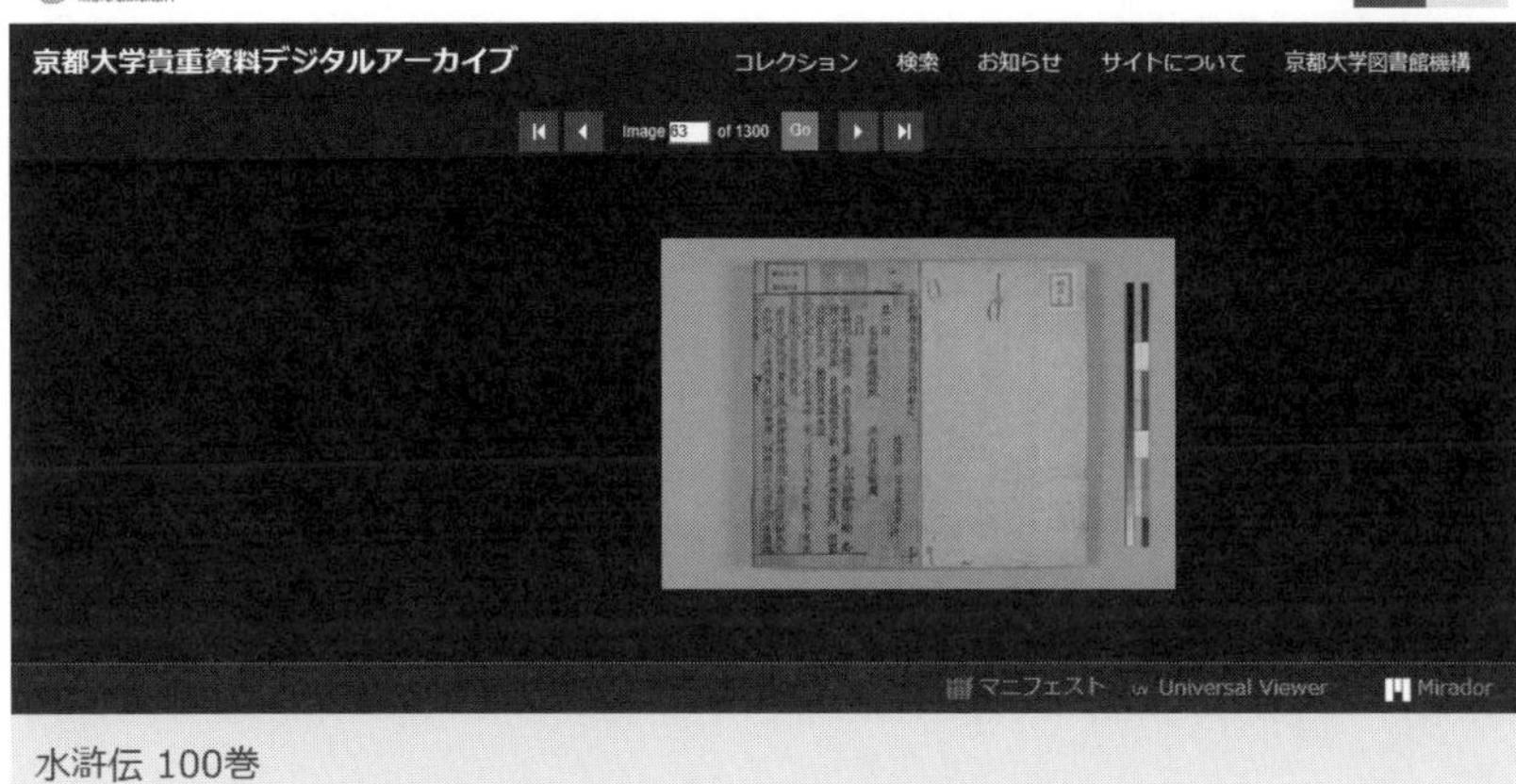

［31］京都大学附属図書館蔵『鍾伯敬先生批評水滸傳』巻一

で画像が公開されています［29］。

こちらの本ではご覧の通り、東京大学本にはない封面が残っていて、印刷をした書肆の名と思しき「四知館」の文字が確認できます［30］。

この本の題に掲げられる鍾伯敬とは、鍾惺という当時の著名な知識人のことですが、この本に付いている批評――小説の内容についてのコメントのことです――、その文言も、本文同様容与堂本の批評に依拠しています。つまり、鍾伯敬先生が批評したというのは虚偽である可能性が極めて高い。おそらく当時の著名人の名前を販売促進に利用したのだろうと考えられています。そのため、一般に「鍾伯敬本」として知られますが、虚偽の宣伝文句ではなく、印刷・販売した書店の名に基づいて呼ぼうということで東大本、後述の京大本も合わせて「四知館本」と呼ばれることもあります。

②そのほかの鍾伯敬本（2）――京都大学附属図書館本

いま一つは京都大学附属図書館にあります。こちらも「京都大学貴重資料アーカイブ」▼注[7]［31］ですでに画像が公開されてい

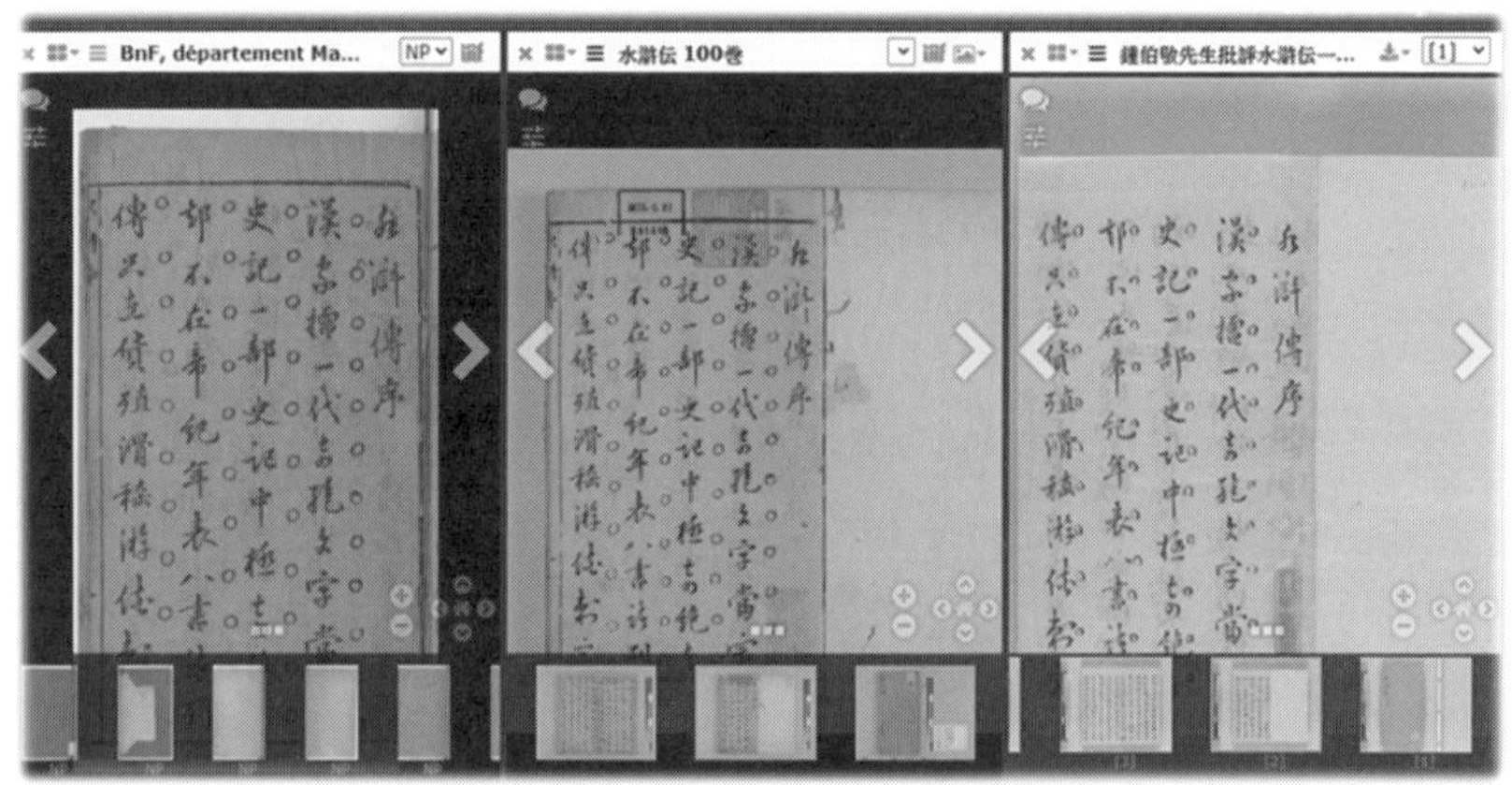

[32]『鍾伯敬先生批評水滸傳』三者序文

パリ本　京大本　東大本

ます。

フランス国立図書館蔵本、京都大学図書館蔵本はともにIIIFの規格に対応していますので、東京大学蔵本が「水滸伝コレクション」で公開されたことで、三者を直接比べることが可能になりました。

たとえば先ほど、東京大学蔵本ははじめの部分を手書きで補っていると申し上げました。東京帝国大学にこの本を寄贈した神山(かみやま)閏次(じゅんじ)氏のメモによれば、鈴木子順氏に依頼して、菊池長四郎氏の持っていた本に基づいて書き写したとのことで、菊池氏の本はのちに京都帝国大学の所有に帰したと述べています。この記録により、東京大学蔵本の補鈔(ほしょう)部分の元になったのはどうやら現在京都大学にある本であるらしいということがわかるのです。▼注[8]

実際に東京大学蔵本の補鈔部分をパリ本、京大本と並べて見ますと[32]、文字の形、書きっぷりまで元の版面にできる限り似せるよう、努力して書かれていることがわかります。さらに、ご覧の通り最後の印章[33]の部分までしっかり書き写しています。ただ、本来図のあった部分は図題のみが記され、図は模写されていません。わざわざ図一枚ごとに半葉設けていることから、ある

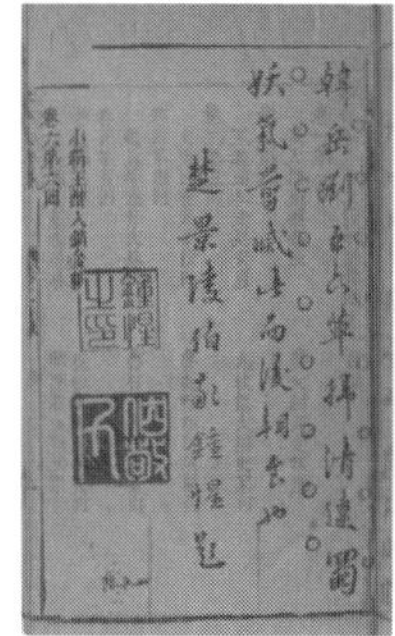
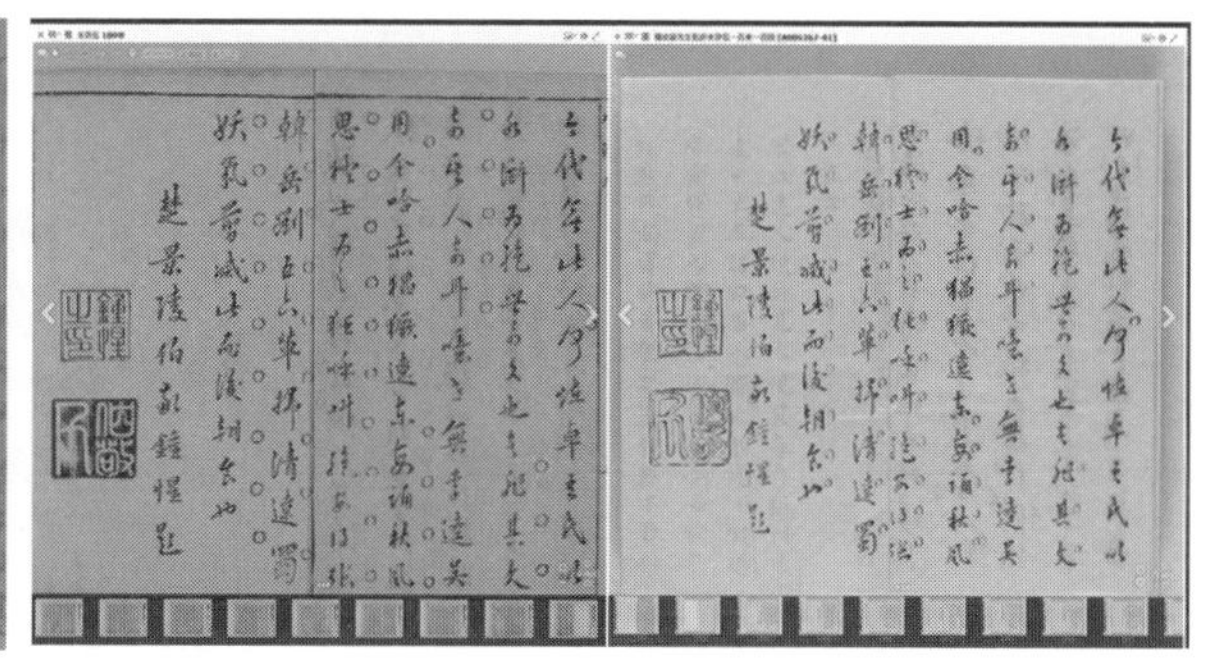

［33］『鍾伯敬先生批評水滸傳』三者序末

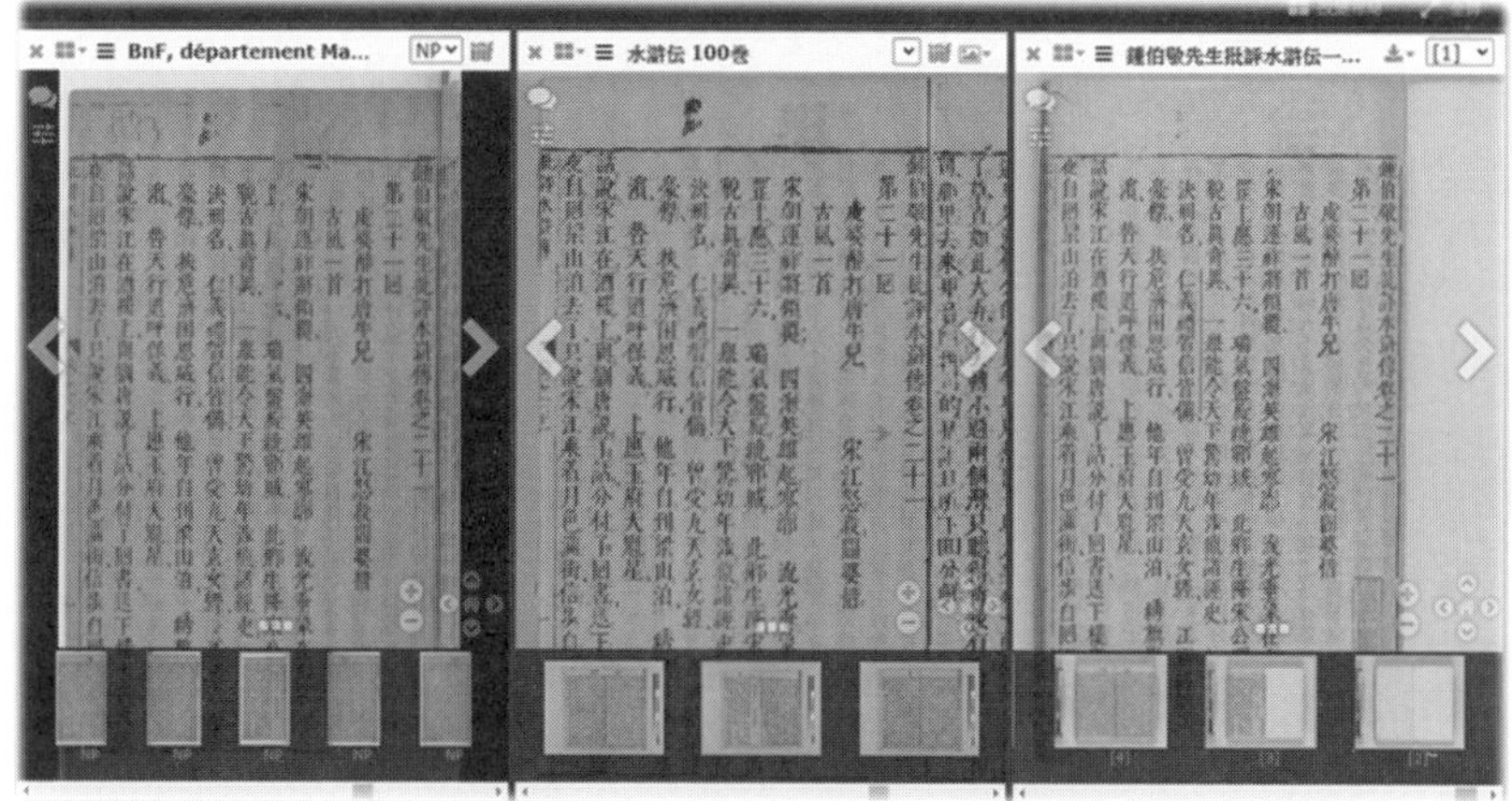

［34］『鍾伯敬先生批評水滸傳』三者状態対照

いは文字を書き写した鈴木氏とは別の人に図の模写を依頼するつもりがあったのかとも思うのですが、実際どうであったのかはわかりません。

さて、東京大学蔵本、京都大学蔵本、フランス国立図書館蔵本の三者は基本的に互いに同版ではありますが、それぞれに、たとえば版木が磨滅して字が消えてしまった、あるいは流通の過程で紙が破損してしまって読めなくなったなどの部分があり［34］、三者で補いあうことで刊行当初の形により近づくことが可能になります。

そしてまた、本日の先生方のご講演でも触れられているとおり、基本的に同版であると申しましても、隅々まで完全に一致するとは限りません。ほぼ同じ本であっても、よく見れば版木に改変が加えられたり、差し替えられたりして違いが生じているケースは枚挙に暇がありません。こうして高精細の画像で比較すれば、重要な差異が見つかる可能性は十分にあります。三つの鍾伯敬本がすべて同じ規格で出そろい、インターネットがつながりさえすれば全世界の誰もが自分の机の上に並べられる状態になったことの意義は小さくないと思われます。

かつて版本研究は、その本を参照できる環境にあり、そしてもちろん、その当人も十分に研鑽を積んだ名人である、そういった方々に頼っていた面があります。現在の我々もその研究成果の恩恵にあずかっていることは言うまでもありませんが、どのような人であっても、まったく間違いなく作業を行うというのは困難なことです。まして、版本研究が進展し、世の中には隅々までまったく同じ本は二つとないのだ、というほどの心持ちで綿密に比べなければならないという現在、どこからでも資料にアクセスできる環境を整備し、多くの人の目でダブルチェック、トリプルチェックを行い精度を高めていけること、これもデジタル画像公開の利点ではないかと考えています。

3.「水滸伝コレクション」のこれから

現在「水滸伝コレクション」で公開している版本は以上の通りですが、最後に、現在公開に向けて準備中のものを少しご紹介しておこうと思います。

こちらは東京大学文学部蔵の『忠義水滸全伝』一百二十回［35］と東洋文化研究所倉石文庫に収める同じく『忠義水滸全伝』一百二十回［36］です。『水滸全伝』は百二十回の出発点となる重要な版本とされていながら参照するに必ずしも便利とは言えない状態でした。これを所蔵する東京大学の一機関として、U-PARL およびアジア研究図書館デジタルコレクションが公開すべきではないかと考え、幸い文学部と東洋文化研究所のご承諾を得ることができましたので、撮影を行いました。

そして、こちら［37］は東京大学総合図書館にある『忠義水滸全書』一百二十回（以下『水滸全書』）です。『水

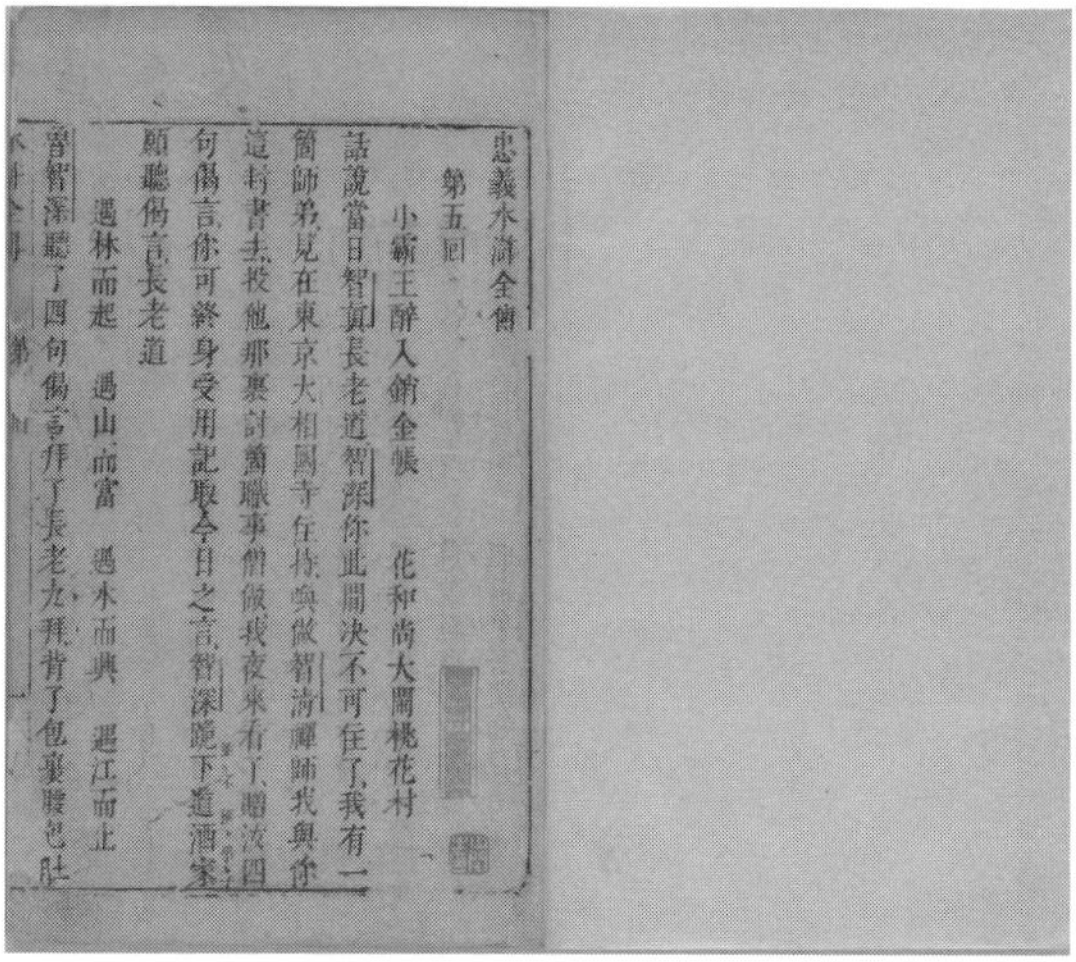

忠義水滸全傳
第五回
小霸王醉入銷金帳　花和尚大鬧桃花村
話說當日智真長老道智深你此間決不可住了我有一
箇師弟見在東京大相國寺住持喚做智清禪師我與你
這封書去投他那裏討箇職事僧做我夜來看了贈汝四
句偈言你可終身受用記取今日之言智深跪下道洒家
願聽偈言長老道
遇林而起　遇山而富　遇水而興　遇江而止
魯智深聽了四句偈言拜了長老九拜背了包裹腰包肚

［35］東京大学文学部蔵『忠義水滸全伝』一百二十回

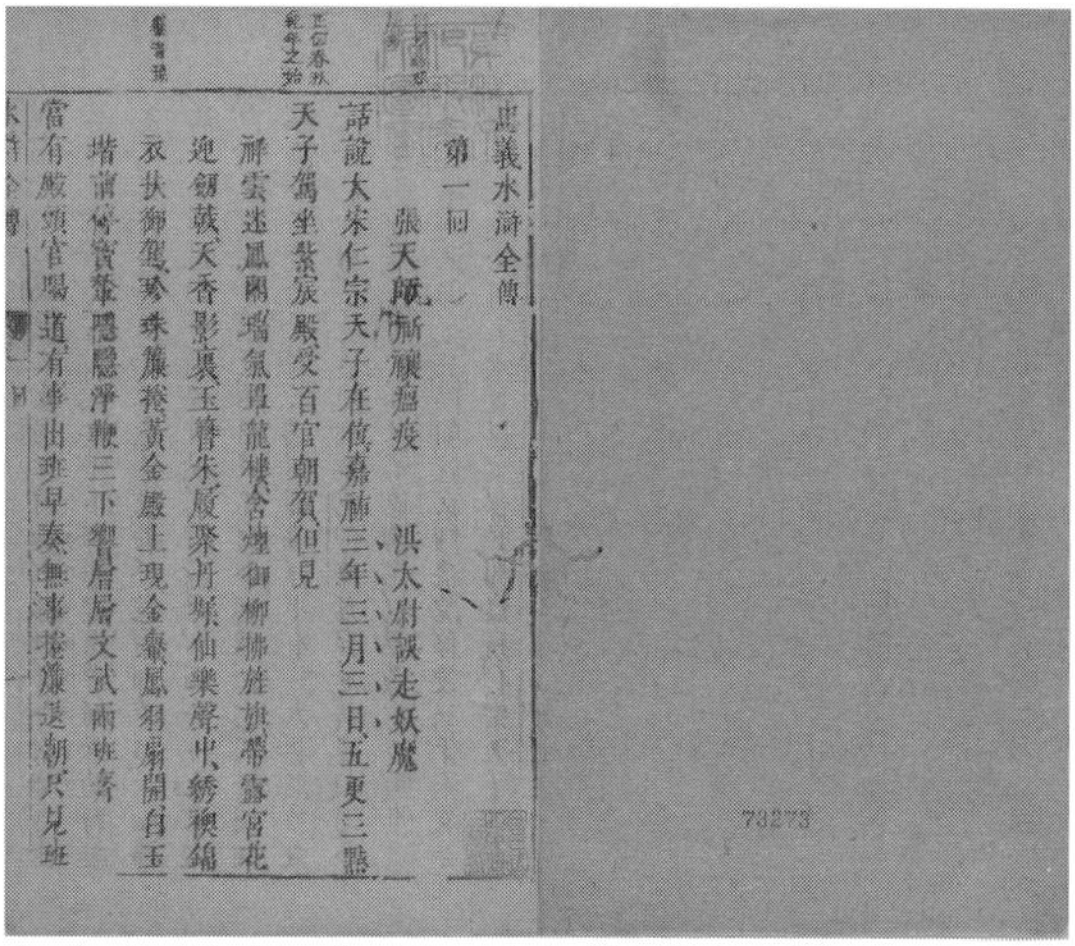

忠義水滸全傳
第一回
張天師祈禳瘟疫　洪太尉誤走妖魔
話說大宋仁宗天子在位嘉祐三年三月三日五更三點
天子駕坐紫宸殿受百官朝賀但見
祥雲迷鳳閣瑞氣罩龍樓含煙御柳拂旌旗帶露宮花
迎劍戟天香影裏玉簪朱履聚丹墀仙樂聲中繡襖錦
衣扶御駕珍珠簾捲黃金殿上現金輿鳳羽扇開白玉
堦前停寶輦隱隱淨鞭三下響層層文武兩班齊
當有殿頭官喝道有事出班早奏無事捲簾退朝只見班

［36］東洋文化研究所倉石文庫『忠義水滸全伝』一百二十回

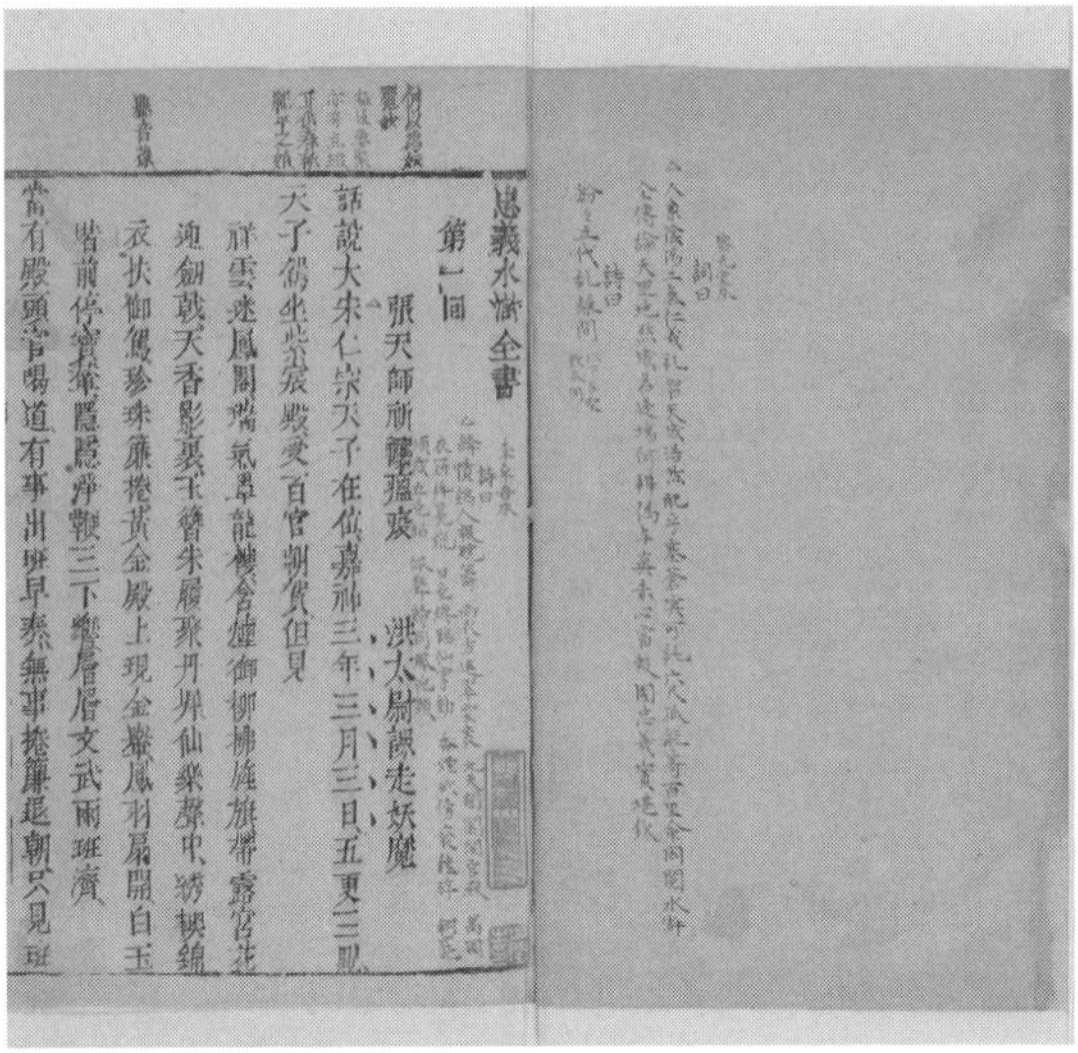

［37］東京大学総合図書館蔵『忠義水滸全書』一百二十回

滸全書』は『水滸全伝』にもとづいて作られた後発の百二十回本であり、また、現存する数量を見れば全世界に多く残り、日本国内に限定しても各地に収蔵が確認されています。テクストを見るだけであれば東京大学でなくても、また、ほかのデジタル資料でも見ることができます。本日これまでにご紹介したものに比べれば希少価値は低いように感じられる方もいらっしゃるかもしれません。それでもなおこの本を選んだ理由ですが、それはこちらの写真［38・39］をご覧ください。

この本は江戸時代にすでに日本にあったもので、当時日本に存在した他の六種の「水滸伝」版本とテクストを対照した成果が、細かな字でびっしりと書き入れられています。つまりこの本は、その版本自身の持つ価値もさることながら、当時の日本における「水滸伝」の流通状況や「水滸伝」研究の様相、「水滸伝」読書の状況などを知ることもできる資料と言えるのです。これもまた、テクストの誕生後に加えられた要素、書物の来歴という点で唯一無二の資料であると言えます。

また、東洋文化研究所双紅堂文庫蔵『第五才子書施耐菴水滸傳』七十五巻七十回も同様に許可をいただき撮影を行いました［40］。本日これまでにご紹介してきたものとはまた異なる、『水滸伝』版本変遷史上の重要な転換点のひとつとも言える七十回本のテキストですが、こちらも、その価値はテクスト自身に留まりません。ご覧のように［41］、几帳面な字で丁寧にテクスト内に現れる語句の説明がびっしり書き入れられています。さきほどの三十巻本の書入れは、読書好きの人が一生懸命に小説を読もうとしたあとという趣ですが、『水滸全書』やこちらはいかにも学者の仕事という感じがいたします。こうしたものも、これまでの「水滸伝のテクストを公開する」「水滸伝の翻訳を世に出す」という過程でこぼれおちてしまいかねない情報です。注目する一部の研究者だけでなく、より広く人々の目に触れる機会を作るためにデジタル化は今後もおおいに貢献してくれることでしょ

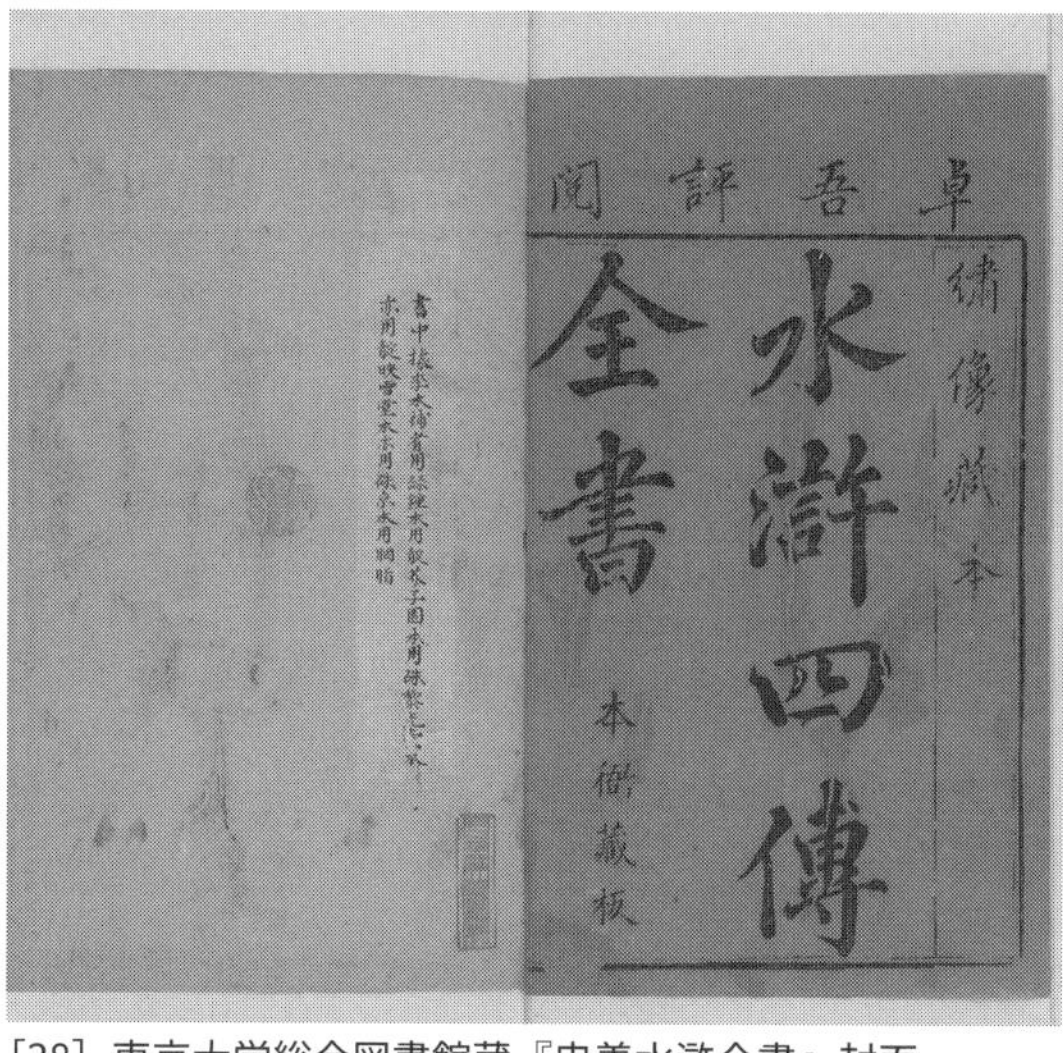

［38］東京大学総合図書館蔵『忠義水滸全書』封面

［39］東京大学総合図書館蔵『忠義水滸全書』書入

[40] 東洋文化研究所双紅堂文庫蔵『第五才子書施耐菴水滸傳』正文

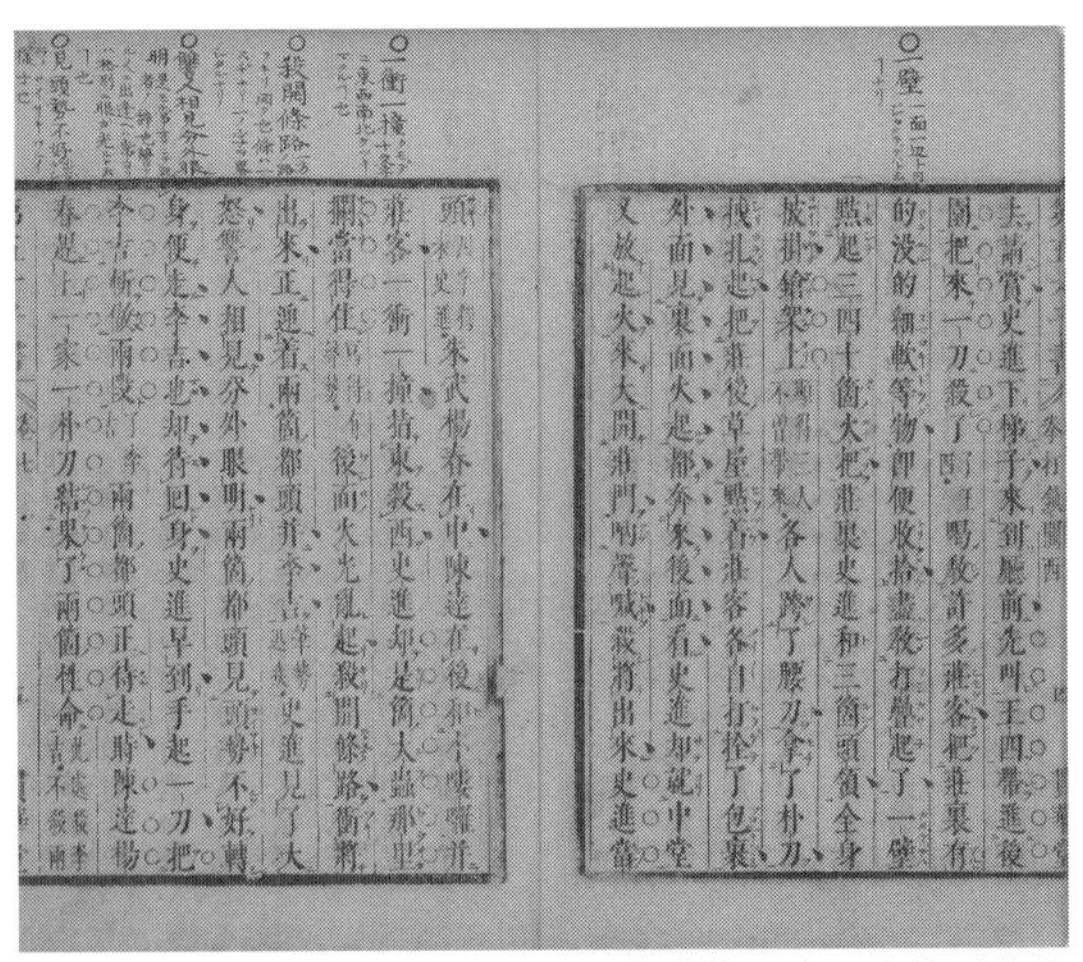

[41] 東洋文化研究所双紅堂文庫蔵『第五才子書施耐菴水滸傳』書入例

う。わたくしたちは、資料の保存と利用の両立を実現するべく、今後も所蔵機関のご意向を尊重しながら、「水滸伝コレクション」を拡張していきたいと考えています。

本日は講演の合間に貴重なお時間を頂戴して、「水滸伝デジタルコレクション」で公開している版本の位置づけや、「水滸伝」版本デジタル公開の意義などをお話ししました。しかしながら私は、デジタル化公開が進展しさえすればバラ色の未来が待ち受けていると思うものではありません。デジタル画像を公開しているからもう原本を出す必要はない、私個人は決してそのようには思いません。いかに画像資料が充実していようと、どうしても現物を見なければならないという事態は必ずあるでしょう。ただ、かつてのような、現物に当たる限られた機会の中で調査をしなければならなかったり、あるいは何日も通いつめて現物調査をしたりといった状況と比べた時、高精細のデジタル画像を利用してかなりの程度の事前調査を行い、問題点を明確にし、それから現物に当たる……、そのような環境が整備されれば、作業の効率も精度も高められる可能性があり、貴重資料にかける負担も軽減できるでしょう。また、現物を見るまでの必要はない、けれども手軽にその姿を見られるものなら見てみたいといった社会の広い欲求にも応えることが可能です。

ご存じの通り、本シンポジウムはもともと通常の会場形式で計画されていたものが、新型コロナウイルス感染症という思いもかけぬ事態に遭遇した結果、このようなオンライン形式に変更されたものです。インターネットによるデジタル画像公開は、このような状況下においても研究を進め、また全世界の研究者を連携させることができる、重要な手段となり得ます。まだまだ厳しい状況が続くかもしれませんが、まずは皆さまお一人お一人、自宅で、あるいは研究室で「Go To ライブラリーキャンペーン」を行い、書物の中を探検し、情報を蓄積していただき、いずれまた自由に本当の移動ができるようになった時には、その調査のために東京大学へ集まっていただければ、私どもとしては大変光栄なことです。

私からは以上です。少し時間超過してしまいましたが、最後までおつきあいくださりありがとうございました。

注

1　アジア研究図書館デジタルコレクション

2　「東京大学東洋文化研究所双紅堂文庫全文影像資料庫」http://hong.ioc.u-tokyo.ac.jp/aboutdb.html

3　「東京大学東洋文化研究所所蔵漢籍善本全文影像資料庫」http://shanben.ioc.u-tokyo.ac.jp/

4　https://digital.staatsbibliothek-berlin.de/nutzungsbedingungen

5　https://www.bsb-muenchen.de/

6　https://gallica.bnf.fr/accueil/fr/content/accueil-fr?mode=desktop

7　https://rmda.kulib.kyoto-u.ac.jp/

8　ただし、京都大学デジタルアーカイブの鍾伯敬先生批評水滸伝の書誌には菊池長四郎氏の名は見えない。

参考文献

・大内田三郎「『水滸傳』版本考――『鍾伯敬先生批評水滸傳』について――」、『大阪市立大学文学部紀要　人文研究』第四十六巻第九分冊、一九九四年

・丸山浩明「水滸傳簡本淺深」、『日本中國學會報』第四十集、一九八八年

・氏岡眞士「『水滸伝』と余象斗」、『信州大学人文学部人文科学論集〈文化コミュニケーション学科編〉』第三十八号、二〇〇四年

・氏岡眞士「三十巻本『水滸傳』について」、『日本中國學會報』第六十三集、二〇一一年

・馬幼垣「嵌图本《水浒传》四种简介」、『水浒论衡』、生活・读书・新知三联书店、二〇〇七年版

・劉世德「谈《水浒传》映雪草堂刊本的概况、序文和标目」、『水浒争鸣』一九八四年

・劉世德「《水浒传》映雪草堂刊本――简本和删节本」、『水浒争鸣』一九八五年

・劉世德「谈《水浒传》映雪草堂刊本的底本」、『明清小説研究』一九八五年二期
・劉世德「《水浒传》简本异同考（上）――藜光堂刊本、双峰堂刊本异同考」、『文学遗产』二〇一三年一期
・劉世德「《水浒传》简本异同考（下）――刘兴我刊本、藜光堂刊本异同考」、『文学遗产』二〇一三年三期
・鄧雷「钟伯敬本《水浒传》批语略论」、『文艺评论』二〇一五年四期
・鄧雷「建阳嵌图本《水浒传》四种研究」、『中国典籍与文化』二〇一七年二期
・鄧雷『水滸傳版本知見録』、鳳凰出版社、二〇一七年
・曦钟「关于《钟伯敬先生批评水浒忠义传》」、『文献』一九八三年一期

【司会より】

荒木さん、どうもありがとうございました。ちなみに、今ご紹介いただきましたようなデジタル画像が公開されている本の中には、すでに影印本が出版されているものもいくつか含まれています。しかし、中原さんのご講演にもありました通り、影印本というものは往々にして余計な修正を加えてしまったり、稀にではありますが撮影漏れの箇所があったりします。ですので、所蔵機関が自ら、無加工であると保証付きのデジタル画像を、撮影の漏れがないことを責任を持って確認した上で公開することの意義は、影印本が出ているからといって、大きく減じるものではございません。

それどころか、紹介のありました鍾伯敬本――四知館本とも言うということで小松さんも中原さんも触れていた本ですが――、これに至っては、『古本小説集成』（上海古籍出版社、一九九〇～九四年）という叢書に収める影印本に大きな問題が見つかりました。この影印本の前書きには、神山閏次旧蔵本を影印したと書いてあります。ところが、神山閏

次旧蔵であるところの東大総合図書館蔵本の原本を私が撮影前に確認した際に、その影印本と現物とを比べてみますと、先ほど荒木さんからご紹介いただいた補鈔や欠葉の位置が、まるで一致しませんでした。そして、影印本の補鈔や欠葉の位置は、その時点ですでに画像が公開されていたフランス国立図書館所蔵の本と一致するということが分かりました。しかも、フランスの本と影印本とは、撮影漏れの箇所まで完全に一致しています。要するに、本当はフランスの本こそが影印本の底本だったのです。フランスの本がデジタル化公開されていたことによって、現地に行って原本を確かめなくても、これだけのことをほんの数十分で突き止めることができました。

東京大学アジア研究図書館デジタルコレクション「水滸伝コレクション」にて閲覧できる「水滸伝」（二〇二三年十月現在）

鍾伯敬先生批評水滸伝　一百巻一百回、総合図書館蔵
新刻全像忠義水滸誌伝　二十五巻一百五十回、総合図書館蔵（鴎外文庫）
忠義水滸全書　一百二十回首一巻図一巻坿宣和遺事一巻、総合図書館蔵
忠義水滸全書　一百二十回存四回、総合図書館
水滸伝全本　三十巻、総合図書館
水滸傳全本　三十巻、文学部蔵（漢籍コーナー）
忠義水滸全伝　百二十回、文学部蔵（漢籍コーナー）
忠義水滸全伝　一百二十回図一巻宣和遺事一巻、東洋文化研究所蔵（倉石文庫）
新刻全像水滸伝　二十五巻一百十五回、東洋文化研究所蔵（雙紅堂文庫）
第五才子書施耐菴水滸伝　七十五巻、東洋文化研究所蔵（雙紅堂文庫）

https://iiif.dl.itc.u-tokyo.ac.jp/repo/s/asia/item-set/190375

4 デジタル化資料を用いた中国古典小説研究

中川 諭（立正大学）

【司会より】

本日最後の講演は、立正大学教授の中川諭さんにお願いします。

実は『水滸伝』と申しますのは数ある中国古典小説の中でも群を抜いて版本問題が複雑な作品でございまして、そのために四大奇書の中でも版本研究が比較的遅れている部類のものでした。大まかな系統分類であれば新文学運動の頃から魯迅や胡適らにより盛んに行われていましたし、近年は小松さんや中原さんのご研究によって急激に精度を高めているところではありますが、それでもまだ同じく一九二〇年代からの積み重ねがあり、その中でも一九八〇年代から研究の細かさが格段にアップして今日までその深化を続けている『三国志演義』の版本研究の水準にまでは達していない、というのが私の感じるところです。この八〇年代から九〇年代にかけて『三国志演義』の版本研究の精度が大きく高まったのには、日・中・欧の複数の研究者が同時多発的に同じような問題意識を抱いて互いに刺激されながら次々に論文を発表していったからであろうと認識しているのすが、その担い手のお一人であり――当時その中でも一、二を争う若手でいらっしゃったと思いますけれども――、かつその時期の『三国志演義』版本研究の集大成ともいうべき、その名もズバリ『『三国志演義』版本の研究』（汲古書院、一九九八年）という大著の著者がこの中川さんであります。

もちろんその当時は画像のデジタル化公開やテキストデータの活用などということはまだ考えられない時代であり、中川さんは各地の図書館を回って収集した写真の紙焼きや影印本を机の上に物理的に並べて目視で異同を確認していく、という手法で研究を進められていたはずです。ところが、その大著の刊行からほどなく、北京にあります首都師範大学の周文業さんが、『三国志演義』の研究のためのデジタル化プログラムの作成を志されて、実際に着手されました。中川さんは早くからこの周さんとお知り合いになり、『三国志演義』のみならずほかの中国古典小説にまで対象を広げながら、年々進化を続けていったこのプログラムを、二〇〇〇年代初頭というとても早い段階からご研究に活用されるようになった方でもあるのです。

そこで本日は、「デジタル化資料を用いた中国古典小説」と題しまして、そのプログラムの発展の経緯や、実際のご研究にどのように中川さんが活用されてきたのか、そしてこういったプログラムを研究に利用する上での長所や短所といったことをお話しいただきます。どうぞよろしくお願いします。

はじめに

ただいまご紹介いただきましたように『三国志演義』の版本研究をずっと行ってまいりました。ですので小松さんや中原さんのように『水滸伝』というわけではないのですが、デジタル化資料を用いたということで、割と早くからこの方法を使い進めていましたので、少しその方法を紹介をさせていただきたいと思います。

1．中国古典小説のデジタル化の歴史

最初に、古典小説のデジタル化の歴史を少し簡単にご紹介したいと思います。

（1）一九九〇年代末のデジタルデータ

まず、古典小説に限らず、中国の古典文献の本文をテキストデータとして入力・データベース化されたのは、大体一九九〇年代中頃から終わりにかけてではないかと思います。

その頃あったのが、台湾の中央研究院にあります「漢籍文献資料庫」です。あるいは同じ台湾の「寒泉」と言っていましたもの、そのほか、大陸にもいくつかデジタルテキストをデータベース化したものがありました。ただ、中央研究院のものは割と正確なテキストをウェブにあげてくれていたのですが、他のものはもう有象無象、テキストとしてはよくなく、ただ出版されている活字本をOCRで読み込んだだけで、校訂も何もしていない簡体字のものであるとか、あるいはその簡体字をただ機械的に繁体字に直しただけのものとか、質の悪いデータもかなりたくさんありました。現在もまだそういう質の悪いデータはインターネット上にはゴロゴロ転がっています。

そういったデータの正確性にはいくつか問題がありました。それにこの当時は、一つの文献に対して、これは小説に限りませんが、一つの文献に対して一つのデータのみで、版本というものはまったく意識されていなかったようです。『三国志演義』で言えば、毛宗崗（もうそうこう）本のテキストをデータ化しただけというようなものでありました。

これが大体一九九〇年代の状況です。

（2）周文業さんによる中国古典小説のデジタル化

①二〇〇一年版

それが二〇〇〇年代になって、突然、北京の首都師範大の周文業さんからメールがきて、こんなことをやるんだけど学会に来ないかと言われたのが二〇〇一年でした。その二〇〇一年に、「中国古代小説数字化研討会」――今は少し名前が変わってますが、当時はこの名前でした――、これが第一回の、いわゆる「数字化研討会」と我々が呼んでいるものであります。

それが首都師範大学で開かれ、そこで周文業さんによって、『三国志演義』の版本データが公開されました。それが今ここにあげています嘉靖本・周曰校……この当時はまだ周曰校丙本とか、李卓吾乙本とか、こういう言い方はしてなかったのですが、周曰校（丙）本・李卓吾（乙）本・毛宗崗本・李漁本、それから葉逢春本・黄正甫本と、八種類の異なる版本の本文データが公開されました。

ただ、これは当時出版されていた活字版を、そのままOCRで読み込んでテキスト化したものでした。ですので全部簡体字です、GBKコードを用いた簡体字でありました。

さらに、むしろこちらのほうが驚いたのですが、版本のテキストをプログラム上で比較するものができると、いうものでありました。具体的にどういうものなのかというのは、画面だけですが、お見せしたいと思います[1]。

それから画像データです。まだこの時代は各地の図書館で画像データが公開されているというのは少なかったと思うのですが、嘉靖本だけではありましたけれど、版本の画像データがここで公開されました。でも、これは

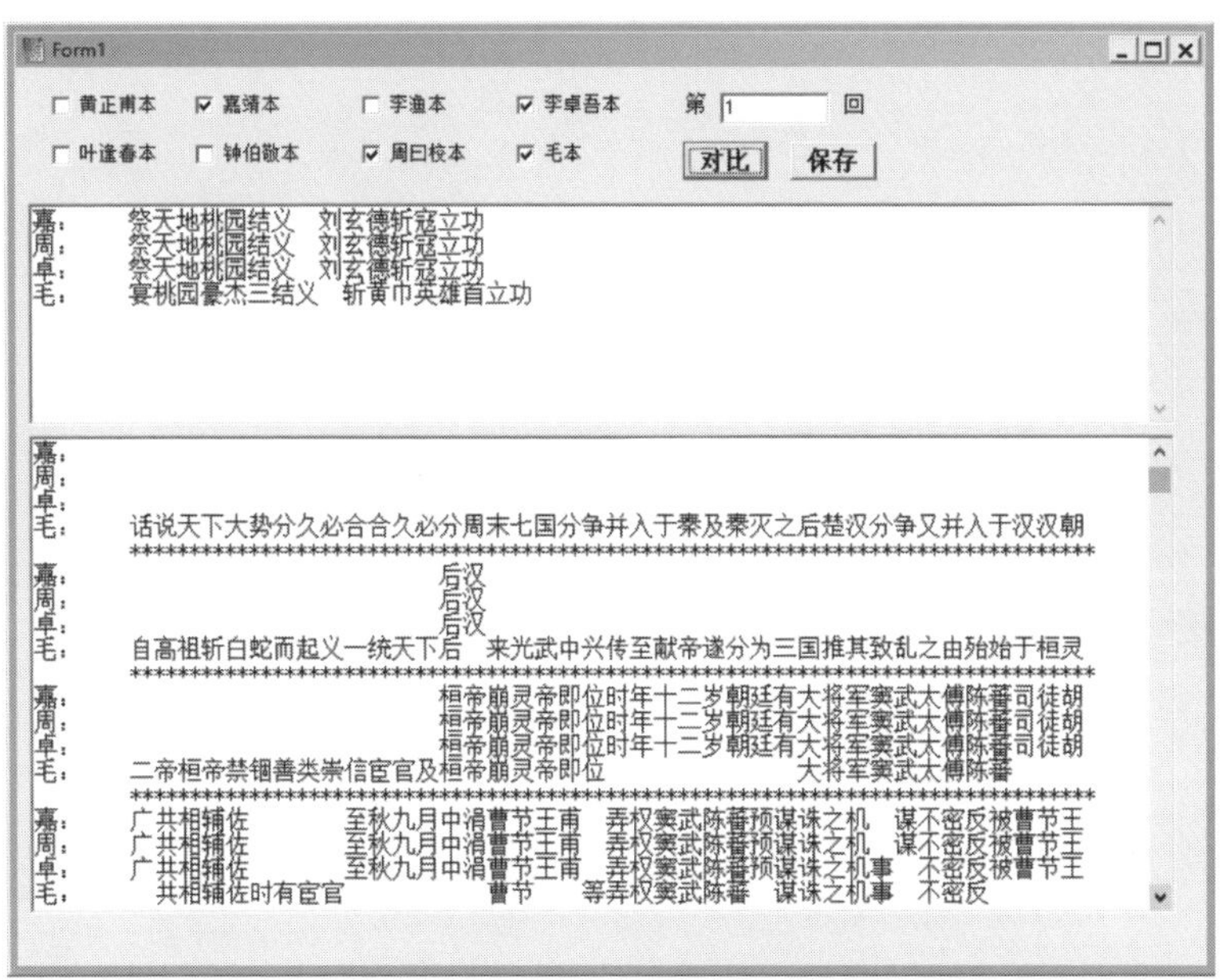

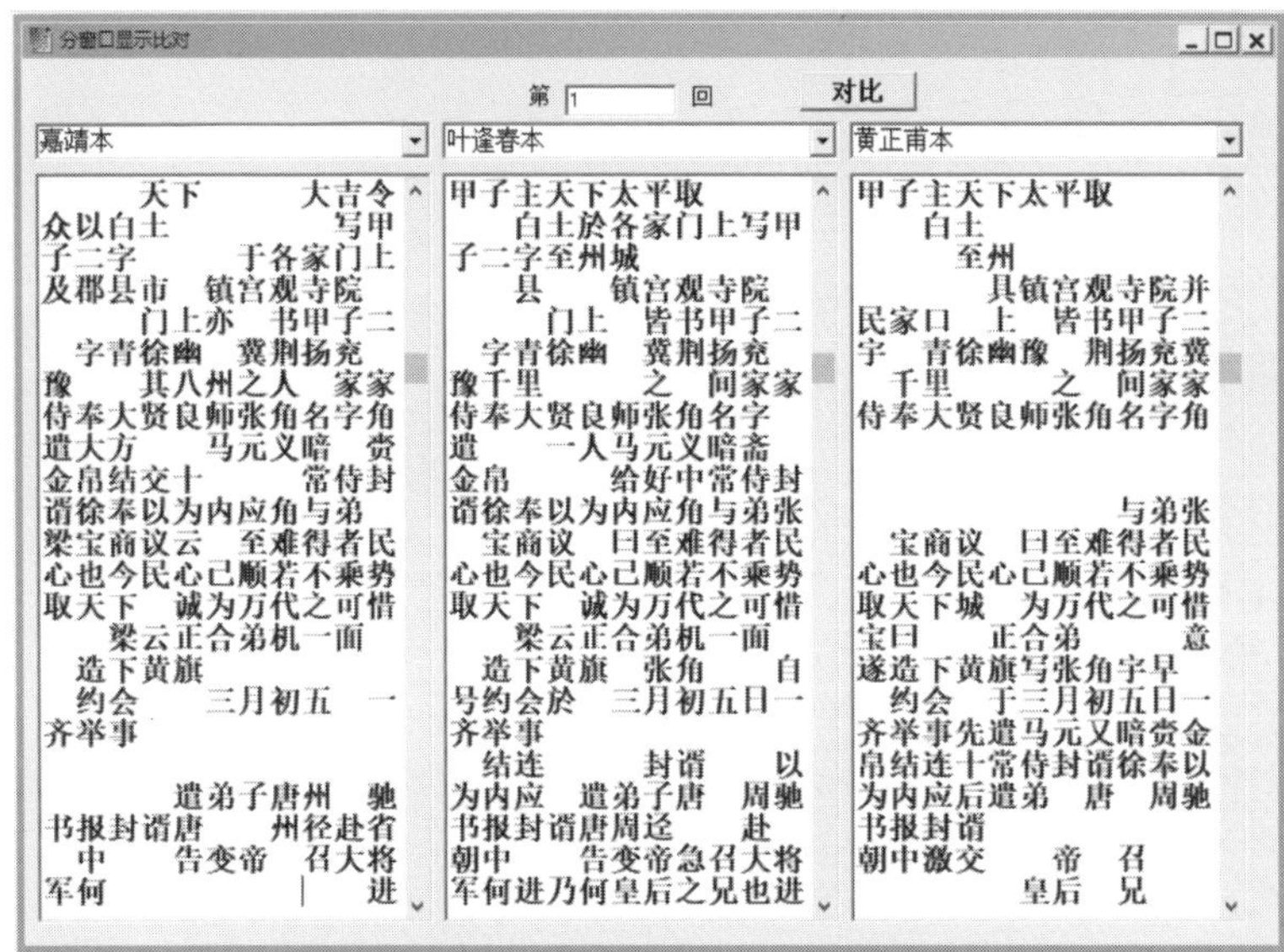

[1] 版本のテキストをプログラム上で比較した画面

人民文学出版社から出ていた影印本によって、それをスキャンして作った画像です。

②二〇〇五年版

それ以降、毎年この数字化研討会というのが開催されて、少しずつですが公開するデータがバージョンアップしていきました。そして、少し年代が飛ぶのですが、二〇〇五年版になりますと、『三国志演義』だけではなくて、そこに『紅楼夢』のテキストデータが追加されました。

ただ、やはりこの段階ではまだＧＢＫコードを使い、簡体字のままです。『紅楼夢』の版本も三種類だけ（程乙本・庚辰本・甲戌本）というものでありました。『三国志演義』で少し進展があったのは、劉龍田本・余象斗本・湯賓尹本の画像データが追加されました。これもやはり影印本を使った、影印本から画像データを作ったというものです。

③二〇〇六年版

二〇〇六年になりますと、『三国志演義』そのものについてのデータの追加や変更というのは特にありませんでした。ただ、その関連文献として『後漢書』『三国志』『資治通鑑』『三国志平話』のテキストデータが追加されています。いずれもＧＢＫコードによる簡体字のデータです。『資治通鑑』――ご承知のようにこれは古い時代から宋代までの歴史が書かれているわけですが――は、特に『三国志演義』に関わる部分だけではなくて、全体が入っていました。

『紅楼夢』については、三つの版本（程乙本・庚辰本・甲戌本）の画像データが収録されて、二〇〇五年に追加されたテキストデータと対比できるようなプログラムも一緒に作られるようになりました。

④二〇〇七年版

二〇〇七年になると、『水滸伝』（容与堂本・楊定見本・志伝評林本・金聖歎本）、『西遊記』（世徳堂本・西遊原旨・楊致和本・朱鼎臣本）、『金瓶梅』（詞話本・崇禎本）のテキストデータが加わります。やはりまだこの時は残念ながらGBKコード簡体字によるテキストデータでした。画像データも、『紅楼夢』のものが追加されています。新たに三種類の作品の版本データが入力されたというのが二〇〇七年版の大きなところです。

テキストデータがあるということで、テキストを比較するプログラムはやはり収録されていますので、『水滸伝』ならたとえば容与堂本と楊定見本（百二十回本の別名。ここで収録されていたのは『全書』のほう）のテキストの比較をすることができます。

⑤二〇〇八年版

そして大きな出来事が起こったのが二〇〇八年です。二〇〇八年にマカオでこの数字化研討会が開かれたのですが、この時大幅なメジャーバージョンアップがありました。またこの時に発表された版本比較プログラムは、今でもこれが最新版で現在も使われています。

二〇〇八年版に収録されたプログラムには、ここにあげたいくつかのプログラムが含まれます。そして、この後紹介するテキストデータとも関わるのですが、UTF-8、Unicodeに対応したというのが大きな進展で、版本研究にとっても非常に恩恵の大きい、重要な出来事になりました。

『三国志演義』のテキストデータはさらに増えました。ここにあげていますが、嘉靖本・周曰校本をはじめ二十数種類の『三国志演義』の版本のテキストデータ（嘉靖本・周曰校本・夏振宇本・李卓吾本・鍾伯敬本・英雄譜本・毛宗崗本・李漁本・葉逢春本・余象斗本・余評林本・種徳堂本・鄭少垣本・楊閩斎本・湯賓尹本・劉龍田本・朱鼎臣本・熊清波本・黄正甫本・熊仏貴本・北京蔵本・劉栄吾本・魏氏刊本・二酉堂本）が入力され、公開されました。『水滸伝』は先ほどから名前が出てきているいくつかのものもあります。

このテキストデータが、二〇〇七年度版まではずっとGBKコードを使って簡体字だったのが、二〇〇八年度版からUTF-8、Unicodeに対応するようになり、原本になるべく忠実に入力されるようになりました。これは大きな出来事になります。

『三国志演義』、『水滸伝』（郁郁堂本・金聖歎本・容与堂本・挿増甲本・挿増乙本・劉興我本・評林本・鄭蔵本・鍾伯敬本）がこれだけあって、さらに『西遊記』（朱鼎臣本・出身全伝・新説西遊記・世徳堂本・西遊原旨・西遊真詮・李卓吾本・楊致和本・楊閩斎本・証道書・釈厄伝。ただし、朱鼎臣本と釈厄伝、出身全伝と楊致和本は、それぞれ同じ版本のデータ）、『金瓶梅』（詞話本・崇禎本・張評本）、『紅楼夢』（甲戌本・庚辰本・己卯本・甲辰本・列蔵本・戚序本・舒序本・鄭蔵本・南図本・卞蔵本・北師大本・蒙府本・夢稿本・程甲本・程乙本・東観閣本）。『西遊記』も一段と版本が増えました。『紅楼夢』もここに書かれてるように随分と増えてきました。『金瓶梅』はまだ少ないですけども、この三つ（崇禎本・張評本・詞話本）が入っています。テキストデータでこれだけ入りました。

画像データもさらに増えます。『三国志演義』（嘉靖本・周曰校本・夏振宇本・李卓吾本・英雄譜本・毛宗崗本・葉逢春本・余象斗本・余評林本・鄭少垣本・楊閩斎本・種徳堂本・湯賓尹本・劉龍田本・朱鼎臣本・熊清波本・黄正甫本・劉栄吾本・魏氏刊本・北京蔵本・二酉堂本）、『水滸伝』（郁郁堂本・金聖嘆本・容与堂本・挿増甲本・挿増乙本・劉興我本・評林本・鄭蔵本・鍾伯

敬本）、『西遊記』（朱鼎臣本・出身全伝・新説西遊記・世徳堂本・西遊原旨・西遊真詮・李卓吾本・楊致和本・楊閩斎本・証道書・釈厄伝）、『金瓶梅』（崇禎本・張評本・詞話本）、『紅楼夢』（己卯本・庚辰本・甲辰本・甲戌本・程乙本・程甲本・蒙府本・列蔵本・舒序本・卞蔵本・夢稿本・東観閣本・鄭振鐸（ていしんたく）本）。テキストデータと遜色ないくらいの数の版本の画像データも一緒に含まれるようになりました。そしてこの画像データとテキストデータをリンクさせて表示させるということもできるようになりました。

⑥二〇〇九年以降

二〇〇八年でほぼ周文業さんのデータベース、プログラムというものは完結したわけですが、二〇〇九年にその学会の名称が少し変わりまして、「中国古代小説・戯曲文献曁数字化研討会」と名前が変わり、戯曲もその学会の中での議論の対象になり、実際二〇〇九年の学会では、戯曲のデジタル化についてもさまざまな議論が行われました。

しかしながら、周さんから公開されたものは、新しいものは特にありませんでした。ただ、この二〇〇九年の数字化研討会の二週間後に、我々中国古典小説研究会というのが日本国内にあるわけですけども、その大会が高知で行われまして、その高知の大会に周さんがわざわざ北京からいらっしゃいまして、そこで新しいプログラムが、先ほど荒木さんの発表で「嵌図本（かんずほん）」というのがありましたけれど、全ページ絵入り本の、上のところにある図像のみを比較するプログラムというのが紹介されて、この時に中国古典小説研究会に参加された人たちに配布されました。

これでほぼ完結したのですが、以降、『三国志演義』に限っては、テキストと画像データが追加されることになります。これは私がやり、自分が使いたいのでテキストデータを作り、画像データを作り、そしてこの周さんのプログラムに追加していったということであります。

そしていま現在、『三国志演義』についてはほぼすべての版本のテキストデータの入力が終わりました。一つだけ、ドイツのワイマールにある、美玉堂本（びぎょくどう）というのがあるのですが、これだけまだテキスト入力ができていません。つい三日か四日前に、北京の業者の方に入力を依頼したところです。

2. 周文業さんの版本比較プログラム実例紹介

では周さんのプログラムの実例をご紹介していきたいと思います。実際にこれはコンピューターを動かしてやりたいところですが、周さんのプログラムというのは中国語の Windows でないと動かないので画像のみで紹介します。

（1）分窗口比対

まずは「分窗口比対」［2］というプログラムですが、三つの欄があります。ウィンドウの右上のところに版本を選択するプルダウンメニューがあります。そこで比べたい版本を選びます。そして一番上にある、比較する回数を選べという項目で、自分がこれからテキストを比較したい回数を選びます。選んだら、その横の「比対」というボタン押せば、ほんの一、二秒で比較結果が表示されるということになります。

これを手作業でやる場合、たった一回分でも一時間はかかるかと思いますが、それがほんの一秒二秒でできるというのは、やはりコンピューターを使った比較のすごいところだと思います。

ただこの欠点は、同時に三つまでしか比較できないということです。手作業だと二つが最大ですので、それに比べると三つできるというのは非常によいのですが、三つまでしかできないというのは欠点と言えば欠点です。長所としては、ぱっと見てどことどこがどう違うのかというのがなんとなくわかるということで、このプログラムの優れたところだと思います。

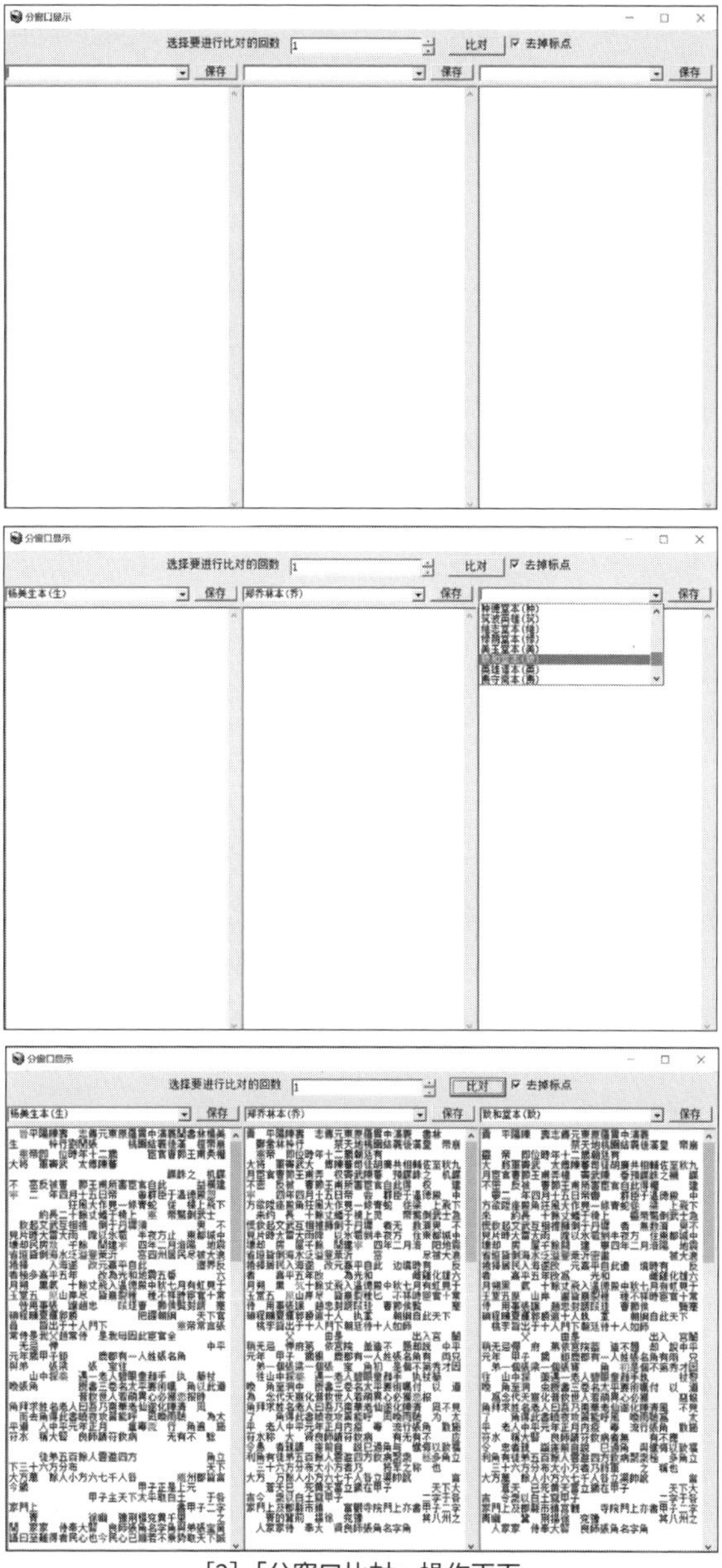

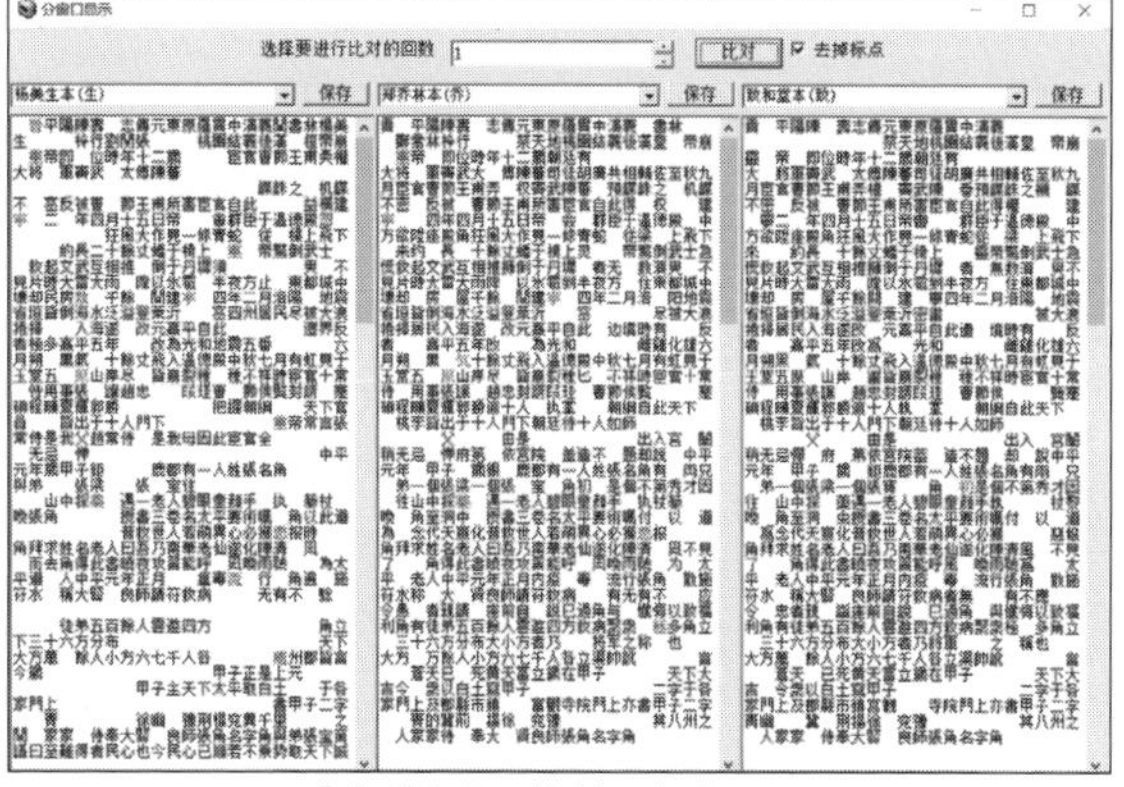

[2]「分窗口比対」操作画面

（2）逐行比対

二つめは、私が一番よく使っているプログラムです［3］。各版本のテキストを一行ごとに並べて、版本間の文字の違いを表示するものであります。

まずこのプログラムを起動させると上の画面のようなウィンドウが立ち上がります。そこで、二番目のプルダウンで版本を選びます。選んだら、その右側にある「添加」、つまり追加するボタンを押せば、真ん中の画面のように版本がどんどん追加されていきます。そして、比較したい回数というか則数を上の欄に入力し、そして一

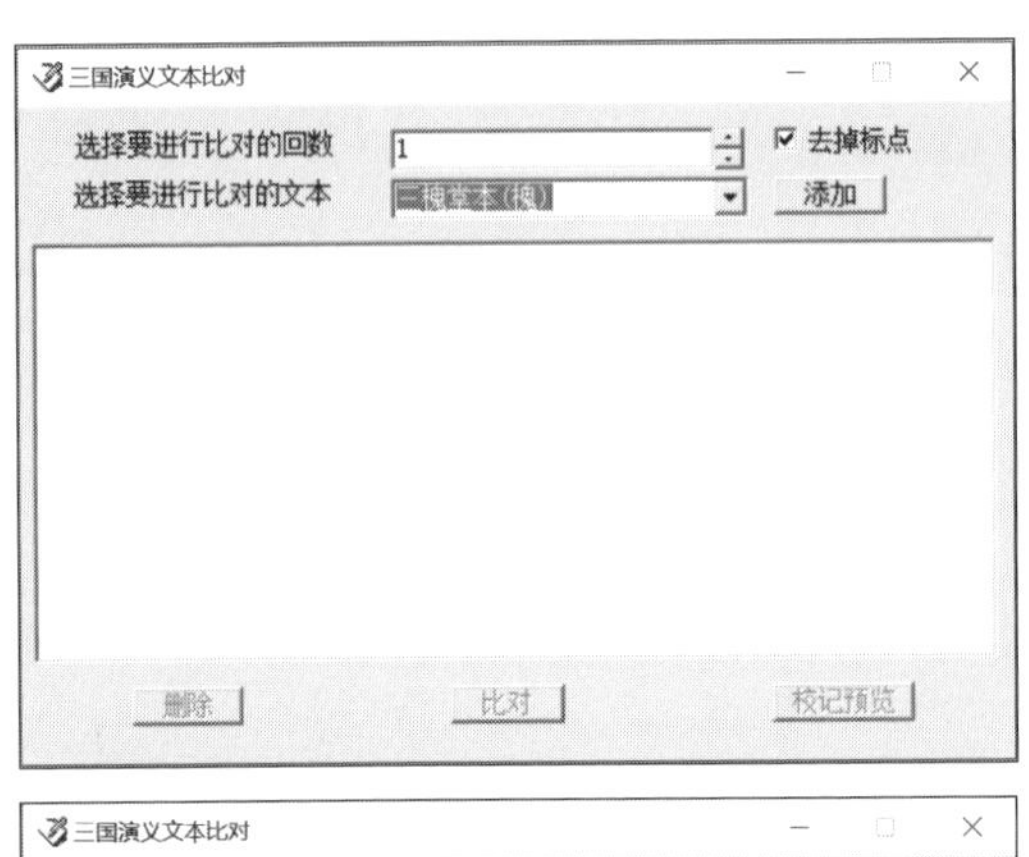

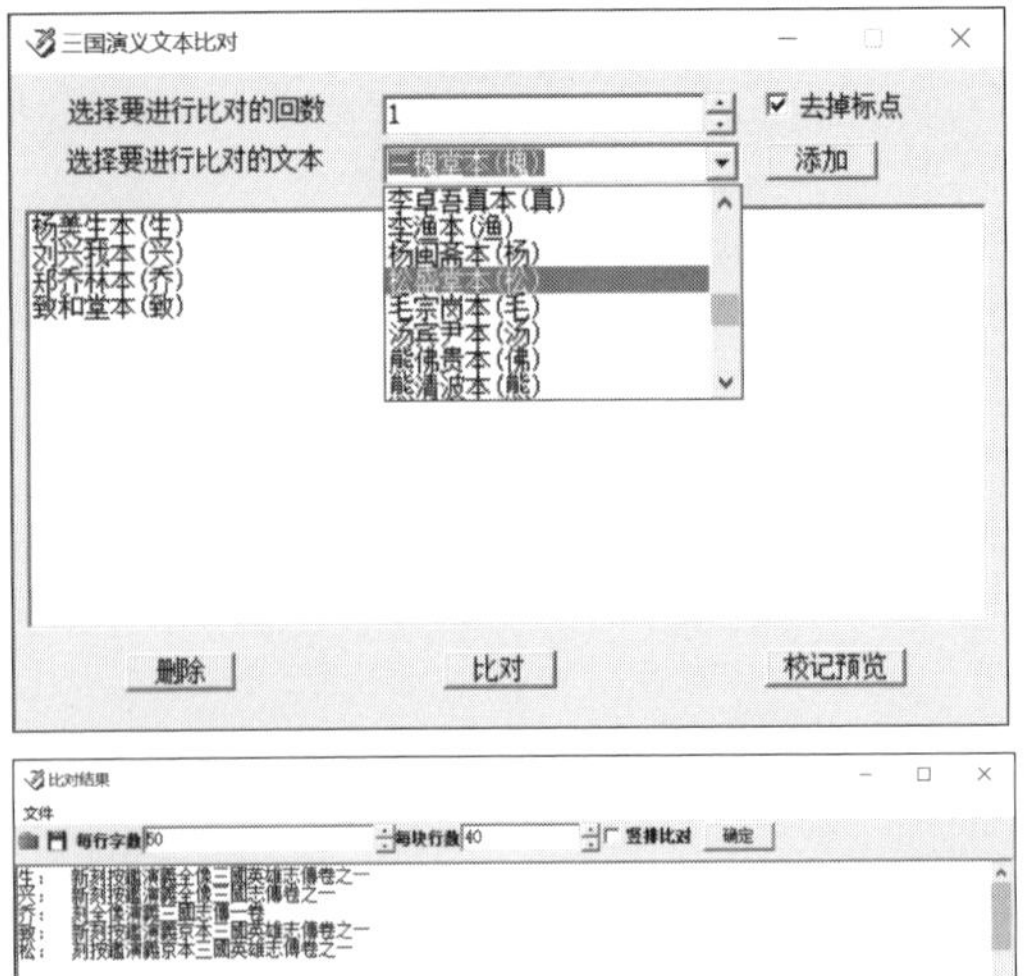

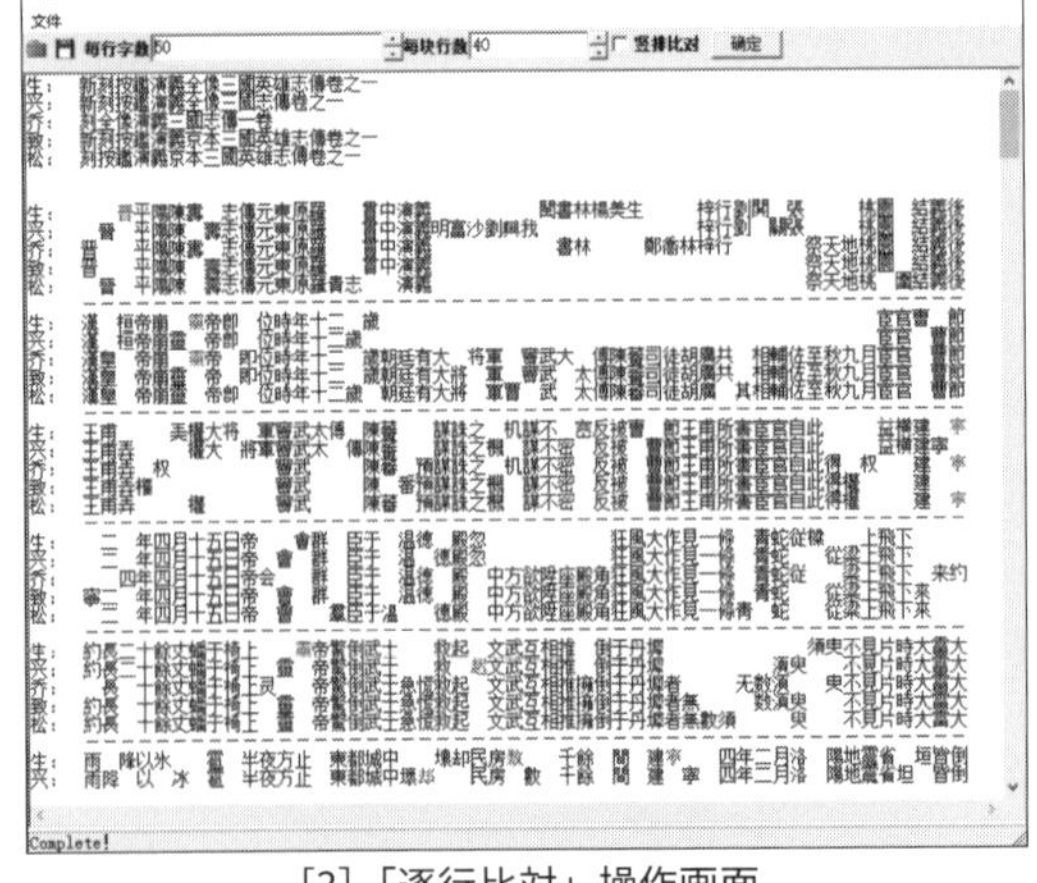

［3］「逐行比対」操作画面

番下にある三つあるボタンの真ん中の「比対」、比較するというボタンを押すと、ほんの二、三秒で比較結果が表示されます。

これは一行ごとに表示されるので、先ほどのプログラム（「分窗口比対」）のように大体の傾向をつかむことはできないのですが、細かいところを比較することができます。それから先ほどのプログラムですと、画面の大きさの関係で最大で三つまでだったのですが、こちらのプログラムだといくつでも――といっても私も六つか七つぐらいまでしかやったことないですが――、三つ以上、四つ五つの版本のテキストを同時に比較することができるということが特徴だと思います。

欠点としては読みづらいということがあります。これは一行ごとに、そのうえ版本ごとに文章が途切れるので、読むということに関しては非常に使いづらです。そこが欠点と言えば欠点です。

（3）图文対照

三つめです。これは版本の画像とテキストをリンクするものです［3］。

これは画像の使用権の問題があり個人的に持っているものを使ったので、途中の巻三までしかないのです。まず画面を開くと、このような三つの欄に分かれた画面が出てきて、左側一番下にある「版本名」というプルダウンで、見たい版本を選びます。そうするとこの画面になります。そして、左側の則題（そくだい）――各パートの題――が書いてあるところで選べば、右側にテキストが表示されます。そして、真ん中に版本の画像があって、その上に「后一幅」――次のページ――というボタンがありますが、それを押すと右側のテキストデータもリンクして動いてくれます。

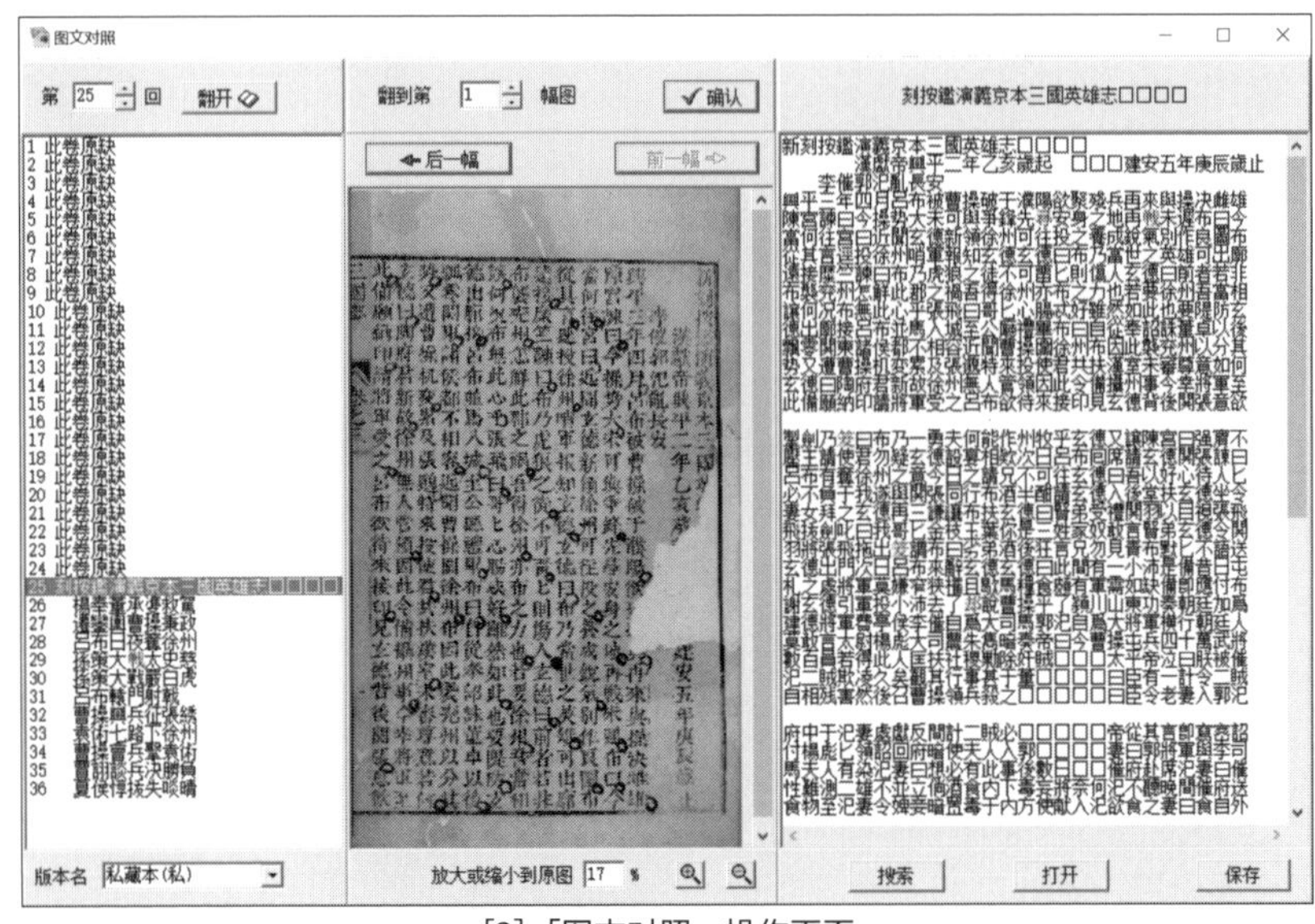

[3]「图文対照」操作画面

というわけで、画像上の文字というのは当然検索できないわけですが、画像とテキストをリンクさせることによって、そのテキストを検索することで画像も表示できるということです。画像上の文字を検索のために使う使い方もできるプログラムになっています。

ただテキストデータが横書きなのです。これが使いづらくて、周文業さんに前から言ってるのですが、なかなか直してくれません。

(4) 图像対照

四つめは「图像対照」です[4]。この三つの欄に、版本の画像をそれぞれ表示させて比較するというものです。

行款が同じ、半葉ごとの文字の並び方がほぼ同じような版本を比較する時はこれは意外と便利です。たとえば『李卓吾先生批評三国志』がそれぞれどう違うのかという時に、このプログラムを使って三つ画像を並べると比較的やりやすいです。

この画面では、私の持ってる本と、私の中国の友人が持ってる本を使っています。画像の使用権の問題でこのようにさせていただきました。

これも今までのプログラムと使い方はよく似てるのですが、それぞれの三つの欄の上のところに版本を選ぶプルダウンがあります。そこで版本を選んでいきます。三つ版本を選んだら、一番上の真ん中にある項目で比較したい回数を選んで、横にある「比対」、つまり比較するボタンを押せば、下の画面のように三つのウィンドウに画像が表示されるようになります。

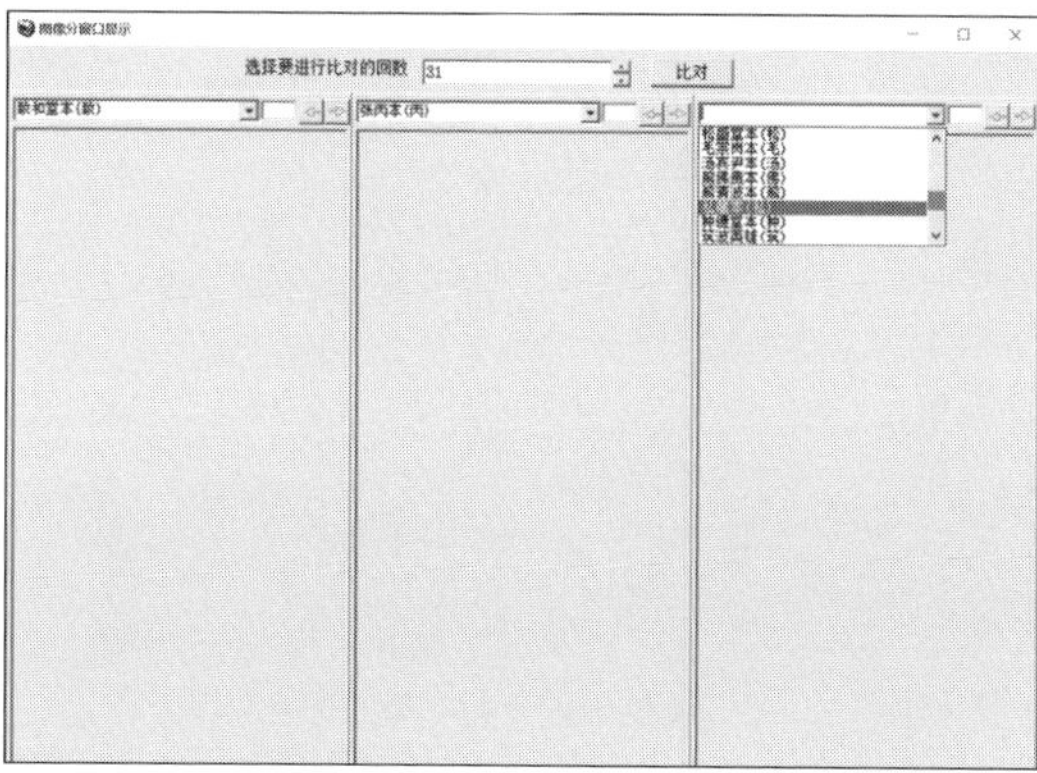

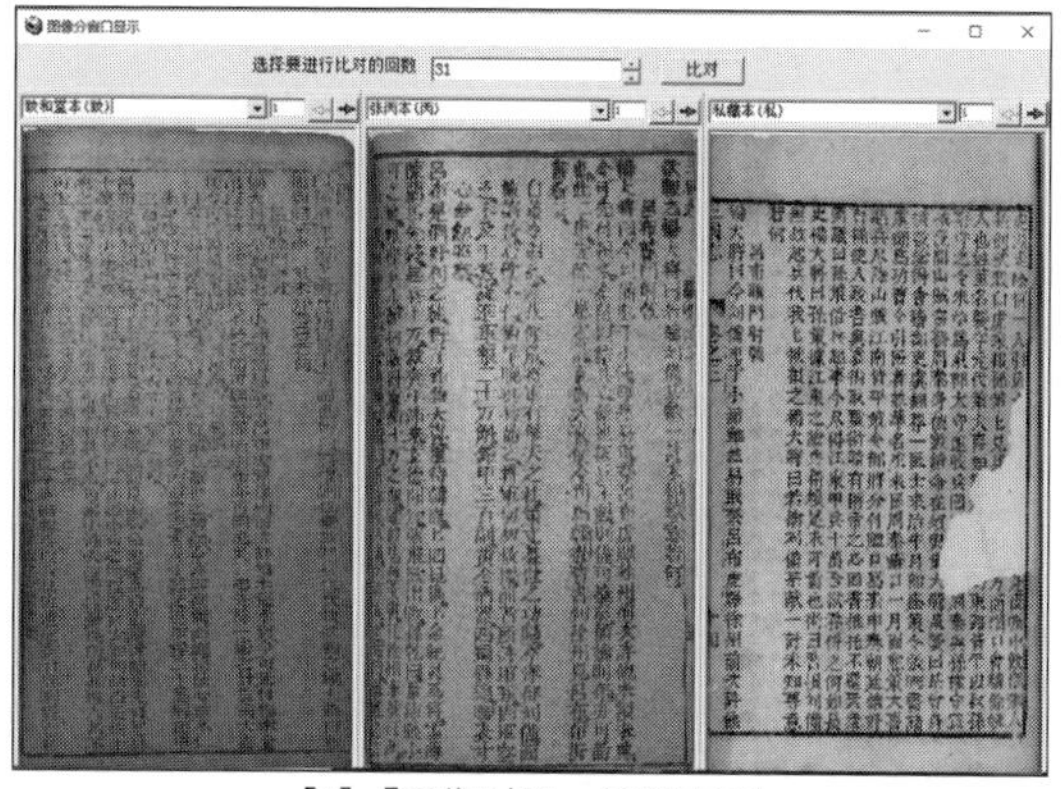

[4]「图像対照」操作画面

（5）同词脱文

以上、私がよく使うのはこの四つのプログラムで、後は画像はなく、文字だけの説明になります。

五つめの「同词脱文」（「同詞脱文」）です。

版本研究する時によく使うのですが、本文中に二度出てくる同じ語句、それを混同して間をすっ飛ばすということがよくあるわけです。我々が手書きで文章を書き写している時もよくやるわけですけれども、それが版本の文章によくあります。それを使って版本の前後を判定するということをやるのですが、その同じ文字が二度出てきて間をすっ飛ばしている、それを検索するプログラムです（二つの版本を選んで比較ボタンを押すと、そのような箇所をプログラムが自動的に検出してくれるという機能）。

（6）相似度比对

六つめは、テキストがどの程度似ているか。二つの版本のテキストが何％は隔離している、何％は似ているといったことを出してくれるプログラムです（一見便利そうな機能なのだが、実際に本文に書き換えがある場合でも、単に異体字の相違があるだけの場合でも、どちらも等しく違いありと判定されて数字が出てしまう。そのため残念ながらあまり参考にならない）。

（7）字数统计

それから七つめ「字数统计」、これは一つのテキストファイルの字数とか句数を調べるプログラムになります。

(8) 插图比対

八つめは、先ほど申し上げましたが、全像本、上図下文本――すべてのページに画像が入っている版本――の、その画像部分だけを比較するプログラムです。ただこれは、使うためには画像を準備しないといけないので（版面全体の画像から、挿絵の部分だけをトリミングした画像を作成する必要があるということ）、準備が少し大変です。

以上が周文業さんが開発されたプログラムで、これができたことによって、版本研究は大いに進展していくことになりました。

3．中国古典小説版本のデジタルデータ化

では、古典小説デジタル研究において、どのようにデジタルデータ化するのかということについてお話したいと思います。

(1) 版本本文のデジタルデータ化の方法

まず、テキストデータをどう作るかですが、普通本の文字をデジタルデータ化する時にはOCRソフトを使うのがいいのではないかと、これは誰しも思うことです。しかし一度古籍版本、影印本ですが、それを使ってやってみたのですが、使い物になりませんでした。一葉二百字ぐらいあるうちで、まともに認識してくれたのが二、三文字という、とてもひどい結果になりました。古籍版本をOCRソフトを使ってテキストデータ化するというのは、とてもじゃないが実用的ではありません。

では、自分で入力すればいいのではないかと。結構確実なんですが、手間がかかります。何十万字をいちいち自分で入力するというのは大変です。一つの版本のテキスト全部入力するだけで、一年二年かかってしまいます。そもそも研究を効率化するためのデジタル化なのに、それ以上に時間がかかってしまうということになります。ということで、一番現実的なやり方は、業者に依頼するということ。私は普段からやっています。多少正確性に問題があるのですけれども、これが一番現実的です。ただ、最近中国のほうでも古籍版本の文字を入力してる業者がどんどん減ってきています。さらに人件費が上がって、かなり費用がかかるようになってきました。いずれはやってくれる業者もなくなってしまうのではないかなということを、少し危惧しています。

(2) 版本の画像のデジタルデータ化の方法

次に版本の画像です。画像をデータ化するにはどうするのかということですが、たとえば荒木さんのお話にもありましたように、各図書館・蔵書機関が独自でやってくれればそれはそれで問題ないのですが、今のところ残念ながらすべての図書館とか蔵書機関で画像データベースを公開しているというわけではありません。その場合、やはり自分でやらなければなりません。

そういう時はどうするか。一つの方法としては従来通り、その図書館なり蔵書機関なりに複写を依頼します。複写を依頼して紙ベースで複写を受け取ります。それをスキャナーで読み取るということになります。今のドキュメントスキャナーを使えば、スキャナーで読み込むこと自体はそんなに手間はかかりませんが、やはり費用がかかるわけです(古典籍をコピー機にかけることはほとんどの図書館では避けるため、複写と言っても基本的にマイクロフィルムを撮影した上での紙焼きとなり、一枚当たり百数十円前後が相場。その実費のほかに、手数料や資料保全経費などとして問題点です。

一枚当たり数十～百数十円が上乗せされることもある）。これは従来通りのやり方で、費用がかかるというのは大きな問題点です。

図書館によっては紙ベースで渡してくれるのではなくて、デジタル写真でデータとして渡してくれるところもあります。これは自分でデータ化する手間が省けますのでその点は非常によいのですが、やはり費用がかかります（一枚当たり百数十円前後が相場で、手数料や資料保全経費などが上乗せされる場合があるのも同様）。これは大変です。

ということで、もう一つの方法として、デジタルカメラを使って自分で撮影するという方法があります。日本だと、大学の図書館はかつて自分のデジタルカメラを持ち込んで結構撮影させてくれたのですが、今はそういうところはだんだん減ってきているようです（撮影による資料の破損が起きやすいというのが主たる要因）。中国でも、図書館によっては、撮影料は取るけれども撮影させてくれてたところもあるのですが、だんだんそれもなくなってきました。欧米は割といまだに自分のデジタルカメラで撮らせてくれるようです。二〇一四年に上原さんと一緒にアメリカのイェール大学に行きましたけど（二〇一四年八月）、そこでは二人で五日間かけて、かなりの小説の版本の写真を撮ってきました（ちなみに上原の撮影ペースは、カメラ固定台使用可で一日最大二千五百枚、使用不可で一日最大一千八百枚）。自分で撮影すると撮影料がかからなければほぼタダ同然で撮れる。そういう面では非常によいのですが、自分で撮った本というのは、どうしても写真がゆがんでしまいます。それを一枚一枚Photoshop――フォトレタッチソフトを使えば直せるのですが、それはそれですごく手間がかかります。そういう問題点はあります。それから、先ほども少し触れましたが、許可されないことも最近は増えてきました。そういう点で、これはこれで問題がないわけではありません。

（3）デジタル画像の用途

これらのデジタル化した画像をどう使うか。これは今まで考えられなかったことができるようになりました。Apple社のiPad——デジタルタブレット端末が出てきて、大きく変わりました。デジタル画像をiPadなどのタブレット端末にコピーしてそれを持っていれば、大量の資料を持って調査に行けるのです。今まで紙ベースだとどこか当たりをつけて部分的に持っていくということしかできなかったのですが、タブレット端末が出てきたことによって、それをその中にコピーして調査に行ける。大量の資料を持ち歩く必要がなくなったというのは、やはり大きなことだと思います。

4．デジタル化資料の長所と短所

それでは、四番目のお話に入ります。デジタル化資料の長所と短所です。

（1）長所

テキストと画像があるわけですけれども、テキスト・画像を比較する時に、周さんのプログラムを使うというのが前提になりますが、その文字や語句の検索が非常に簡単にできるようになりました。手作業だとどうしても見落としがあります。

それから、手作業だと同時にできるのは二種類の版本の比較しかできませんが、コンピューターを使うと短時間に、しかも三種類以上の版本を同時に比較することができます。そういったことが、手作業と違う、デジタルデータを使うメリットだと思います。

(2) 短所

短所ですが、ついやってしまいがちなのが、デジタル化したデータのみに頼ってしまうということがあります。これをやってしまうと大変なことになる。後でその実例をお見せします。

それから、結構重要なのが、そのデータの正確性です。テキストデータの入力を業者にお願いするのが現実的だということを先ほど申しましたが、業者は必ずしも古籍版本の専門家ではありません。どうしても文字の入力の間違いというのがあります。それは我々研究者のほうで、少しずつ直していく必要があります。そうでないと正しい比較結果が出てきませんので、このデータの正確性というのは少し、難しい問題かなと思います。

それから異体字への対応ということで、今Unicode3.1でコンピューターで八万字ほど使えるようになったので、よほどのことがない限り大抵の文字が元の版本のまま表示できるのですが、それでも一〇〇%ではありません。私の感覚、あくまで感覚ですが、九十八%くらいかなと思っています。やはりすべての文字をコンピューターで表示させることができません。その場合はどうするかということを考えなければいけません。そういう文字に限って重要な根拠になりますので、この辺を考えなければいけないなということです。

(3) 失敗例

では、失敗例です。数年前、周曰校本について論文を書いたのですが、その作業途中で『三国志演義』のいくつかの版本を比較しました。ここでは嘉靖本、朝鮮覆刻本、それから周曰校本、夏振宇本、李卓吾本と、この五

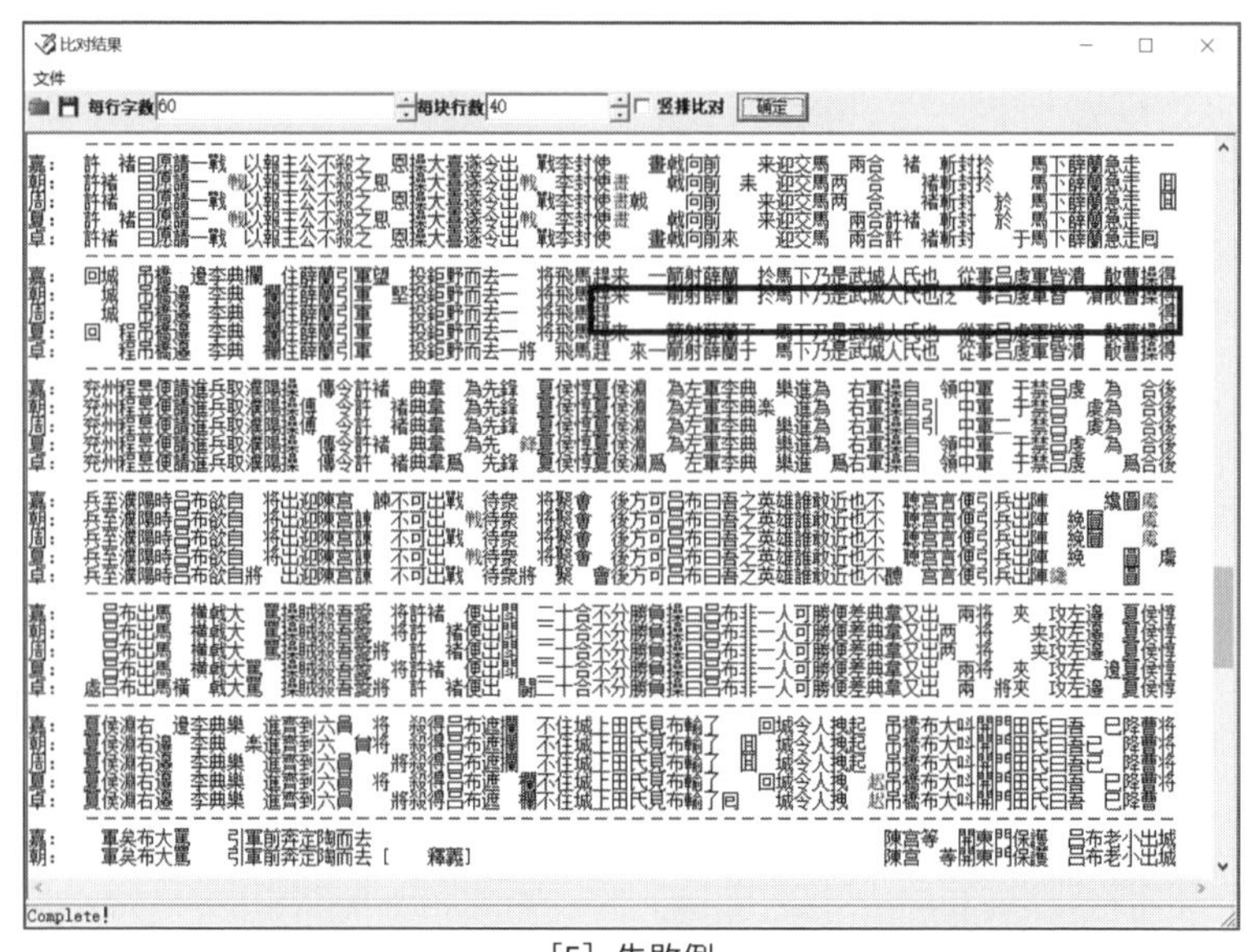

［5］失敗例

［6］国立公文書館『三国志演義』（周曰校本）

つの版本を比較した時に、図のような［5］比較結果が出ました。周曰校本に大きな脱落があります。これ見た時はびっくりしました。もし本当にこんな脱落があったとしたら、これは周曰校本の成立を根本から考え直さなければいけない大きな問題だったのです。

もしここで論文にしていたら、大変なことになってました。もちろんこの時にちゃんと本を確認したので、大事には至らなかったのですが。国立公文書館にある周曰校本［6］をあげておきました。版本比較結果［5］で脱落しているものは、版本の画像データ［6］を見ますと、ちゃんと入ってます。

これは周曰校本に脱落があったのではなく、そもそもデータ入力の時に、一行すっ飛ばしていたのです。そのために、こういう結果になったということです。

先ほどデータの正確性と言いましたけども、それに該当する一つだと思います。こういうことがありますので、デジタルデータだけで研究を行うのは、やはり危険だということになります。

5．版本研究の意義

最後にですが、先ほども小松さんがお話になったことに、ほぼ私も同意見なんですが、版本研究をする上で、もし可能であれば原作が復元できれば、それはそれでいいなと思います。ただ実際不可能なわけですが、究極の目的、理想としては、この原作の復元、そういったものはあってもいいのかと思っています。ただ、あくまで究極の目的・理想であって、簡単にできるとは私も思っていません。

そして、小松さんと言い方は少し違うのですが——結局同じことだと思いますが——、目の前の版本の来歴を調べる、それから、どのようにこの版本が出てきたのか、そういったことを調査し鑑定するということは、これ版本研究の重要な役割だと思います。

そして、その版本が出版された当時、どのように出版されたのか、どういう読者が読んでいたのか、そういったことをテキストを比較することでだんだんわかってくるのです。

小説の場合は原作の復元というのはなかなか難しいのですが、一般的な小説研究・一般的な文学研究のために、正確な本文を提供する——より正確な本文を提供するということは、版本研究の持っている一つの重要な役割なのではないかと考えています。

大学院の頃から版本研究をやってきて、よく版本研究は文学研究ではないと言われました。それでも何とかやってきたわけですが、歴史研究とか、古代思想史の研究、あるいは文学研究でも詩文の研究、そういった研究というのは、やはり清朝考証学のそうそうたる学者の人たちが、それなりの文献学研究をやって、その上に成り立っています。ですが小説というものはそういった清朝考証学の時代の研究の対象ではありません。だからこそ我々が、今そういった大学者の代わりに、版本研究をやってるのだと、そういう強い矜持を持って、版本研究をやっていければいいのではないかと思っています。

ということで、私のお話を終わりたいと思います。どうもありがとうございました。

参考文献

・デジタル化時代の中国古典小説版本の研究——『三国志演義』版本研究を例として——、『立正大学國語國文』第五十七号、立正大学國語國文学会、二〇一九年

・数字化时代的古代小说版本研究——以《三国志演义》版本研究为例、《〝数字化时代的中国俗文学研究〟学术研讨会议论文集》、中国传媒大学、二〇一七年

【司会より】

中川さん、どうもありがとうございました。中国古典小説のデジタル化の歴史を体系立ててご紹介いただき、なおかつ使用法や利用上の注意点・今後の課題まで、具体的な事例を交えて分かりやすくお話しいただけたかと存じます。最後に版本研究の意義という点についてもご見解をお聞かせいただけました。これには関連するご質問もいただいておりますので、時間の許す限りこの辺りはディスカッションで更に掘り下げられればと思っております。

なお、今回のお話では、周文業さんという一研究者によるプロジェクトを中心として、その前史としても中央研究院など公的機関によるものだけが紹介されておりましたが、中国古典籍のデジタル化には、他に商業ベースのソフトウェアやデータベースという流れもございました。一九九〇年代末の『文淵閣四庫全書』（ぶんえんかくしこぜんしょ）の画像とテキストを百五十枚以上ものCD―ROMに収録した電子版を皮切りに、二〇〇〇年代末にはオンラインベースの「中国基本古籍庫」、ここ数年では「中華経典古籍庫」など、経・史・子・集の四部を網羅した大量の漢籍を収録して横断検索を可能にした大型の有料データベースが定期的に出現しております。

先ほどの影印本の話と同様、これらも非常に高額でございまして、導入出来ている大学は日本ではかなり限られております。しかし、これらのデータベースは、影印本など比べ物にならないほどに、あるかないかによって研究の効率や深さが大きく左右されてしまうほどの影響力を持つものなのです。中国の主要な大学では当然のようにこれらのデータベースを全て取り揃えていますので、データベース契約の有無が研究力の格差に直結してしまうという問題が生じており、数年前から色々なところで問題として語られるようになっています。幸い東京大学では「中国基本古籍庫」も「中華経典古籍庫」も導入しておりますが、実はこれらもU-PARLの予算によってようやく導入が叶ったものでございました。「中国古典小説研究の展開」という主題からはいささか逸れたお話をしてしまいましたが、デジタル化に関連する非常に大きな問題として言及しておきたく思いました次第です。

第Ⅱ部　ディスカッション

○東京大学アジア研究図書館デジタルコレクション『新刻全像忠義水滸誌伝（二十五巻二百十五回）』[A00637I-01]（57コマ目）より

【出席者】
中島隆博〔東京大学東洋文化研究所〕
一色大悟〔東京大学人文社会系研究科〈当時〉〕
ディスカッション〔全員〕

1．コメント①中島隆博

上原　それではコメントとディスカッションを始めたいと思います。コメンテーターのお一人めは、東京大学東洋文化研究所教授で、今年度は東京大学東アジア藝文書院（げいもん）の院長をお務めの、中島隆博さんです。中国哲学を中心に、東アジアの比較哲学、はたまたそうした東洋哲学と西洋哲学との比較、といった多様な観点から多彩な研究を進められている、たくさんの著書もお持ちの方です。欧米の研究動向にも明るく、非常に広い視野をお持ちですので、本日はどのような角度からコメントをいただけるのか、楽しみであるとともに、司会の立場としてはいささか怖いような気さえしています。それではどうぞお手柔らかによろしくお願いいします。

中島　中島です。どうもありがとうございます。今日は面白かったですね。メモを取りながらずっとうかがっていました。短い時間ですので、焦点を絞ってコメントを差し上げたいと思います。

皆さま方のご発表をうかがってあらためて考えたのは、デジタル化時代においてテキストを読むことの意味です。中原さんや荒木さんのご発表を聞いていると、まるで腕利きの探偵が、テキストを自在に操って事件に迫っていくような迫力を感じました。

考えてみると、こうした探偵的な世界の見方が中心的になってきたのは十九世紀ですね。もちろん探偵的なものとか、推理をすること自体は、それ以前からずっとあるのですが、おそらく十九世紀的な知の配置が、シャーロック・ホームズ的な探偵術には重要だと思います。

その十九世紀を象徴する学問は、フィロロジーだと思います。フィロロジーは考えてみると不思議な言葉で、ロゴスを愛するという意味ですね。フィロソフィーが智恵を愛しているとすれば、フィロロジーはロゴスに対するある強い思い入れがあるわけです。それを「文献学」と簡単に訳したりすることがありますが、最近のフィロロジーそれ自体を対象とする研究を眺めてみると、ただ単に「文献学」と訳すだけではどうもつかめない感じがします。その上で、十九世紀的なフィロロジーを、このデジタル化時代に考え直したいと思うのです。具体的には、今日は、漢籍のデジタル化公開と中国古典小説研究という限定されたトピックですが、その意味をより広い文脈でつかみたいと思うのです。

フィロロジーが成立した背景を考えてみると、ヨーロッパがその外と遭遇したことが重要です。異なる言語体系、異なるテキスト、しかも厄介なことに、聖書よりも古いテキストがどうもあるらしい。こうした背景で、フィロロジーが成立してきます。従って、原則的には比較研究と対になります。比較言語学や比較宗教学ですね。今日のお話の中でも、版本(はんぽん)の比較が一つの鍵だと思うのですが、正しく比較するという、十九世紀的な欲望が続いているように思います。しかし、では、その十九世紀と今は同じなのか。これが今日のご発表をうかがいながらずっと考えていたことです。今日の皆さまのご発表をうかがっていると、十九世紀的なフィロロジーがデジタル化とうまく接続している気もするんですよね。そうすると、フィロロジーがデジタル化においても生き延びるわけですが、逆にどうして生き延びられるんだろうか、とも思うんです。何か共通の土台があるんだろうかという気もしています。

さて、比較をしていくことでテキストを追い詰めていくのですが、今日のご発表にあったように、何らかの最善のテキストがあるはずで、それをつかめばよいであるとか、あるいはオリジナルのテキストがあるはずで、それをつかめばよい、というわけではありません。逆に、どうやら多様なテキストがあり、テキストの多様性に注目するべきだということですね。

プリンストン大学に中国文学を研究しているマーティン・カーンさんがいます。彼は古代文学を専門にしていて、『詩経』にしても『楚辞』にしても、こうしたテキストは当時のより広いレパートリーの中の一部が表現されて出てきたと考えてみたらどうかと述べています。これは近代的な作者とその作品としてのテキストとはまったく異なるアプローチです。果たして今日うかがったお話は、こうしたレパートリーといったアプローチにいくのでしょうか。この点が、まだ腑に落ちていません。

小松さんのおっしゃったことには大賛成です。確かに近代を考え直さなければなりません。近代文学とか、近代の読書の問題をあらためて考え直さなければなりません。その上で、これも繰り返し述べられていたことですが、『水滸伝』というテキストは、近代的なアプローチではとらえられないわけです。白話のテキストは、近代的な作者を措定し、その作者が書いたテキストではありません。ただし、金聖歎を考慮すると、金聖歎には何らかのオーサーシップがあるかもしれませんので、近代的なアプローチも、金聖歎に関する時にはひょっとすると部分的には使えるかもしれません。

十九世紀のフィロロジーの中心的な問題の一つはやはりキャノン（経典とか聖書）の問題だと思います。ある特定の文化圏で、あるテキストがキャノンとして成立していきますが、それはいかなる意味であり、いかなる構造があるかを考えるのです。ところが、白話小説や白話文学は、そうした経典化から、ずれる部分があるわけです。そうすると、『水滸伝』や白話文学は、古代文学的にレパートリーとして読むのでもなく、そこに近代的な作者を認めるのでもなく、さらにはキャノンを探求するのでもない、どれでもない別の可能性がひょっとするとあるのではないか。そういうことをすごく考えさせられました。

たとえば、経典だったら何がその最終的なテキストなのかという問いが可能ですが、そうではないとすると、いかなる問いが可能なのでしょうか。特にこの二十一世紀になって、デジタル化を通じて白話のテキストを読もうとしている際に、いかなる問いが可能なのでしょうか。こうした問いをうまく表すような概念や言葉が、議論から出てこないかと思います。

それはおそらく、私たちが感づいてはいるにしても、うまくつかめていないものなのでしょう。たとえば、キャノンと読むことに関して言いますと、『クルアーン』では、ムハンマドが天使ガブリエル――アラビア語だったらジブリールですね――に、「読め、読め！」と迫られます。ムハンマドが「私は読む人じゃない」と断っても、それは許されないわけです。つまり、読むことはキャノンの成立にとって、実に大事なわけです。これはユダヤ教でも同じです。聖書を読まないとお話にならない。しかし、その読むことは、まずは記憶して暗唱することですね。意味を分析したり、構造を把握するような読むことではありません。もしそうだとすると、そういう記憶が、デジタル化時代は完全にアウトソーシングされて外在化されます。その中での読みとは一体何なのでしょうか。依然としてキャノンを読むことなのでしょうか。何か決定的に違う気がします。また、レパートリーに戻ると、これにも共同体の集団的な記憶が関わってきますから、そういった記憶に貯蔵されたものから切り取って読むことなのでしょうか。それとも違うように思います。かといって近代的な作者が書いたのを読むのでもない。何か、これまでの読みとは異なるものが要請されている気がします。それは、非常に面白い、新しい問いの地平だと思います。

以上のようなテキストと読みに関わる問題のほかに、デジタル化自体の問題にも触れておきたいと思います。中川さんのお話を聞きながら、なるほどそうだと思いながら聞いていました。中川さんと私は同世代ぐらいだと思うのですが、若い時に、テクノロジーの大きな変化があり、それに研究も巻き込まれていったと思います。たとえば、富士通の親指シフトのワープロとか、NEC の PC98 の導入を思い出します。とはいえ、今では、そこで作ったファイルはもう使えませんが。

つまり、デジタル化の最大の問題は、デジタル化されたものが将来的には残らないのではないか、永続性が実はないのではないか、ということです。デジタル化されたものはずっと残るように思っているのですが、フォーマットがどんどん変わっていきますよね。中川さんのお話の中でも、GBKがUnicode に変わっていくことが出てきましたし、画像データもいろんな風にフォーマットが変わります。もしデジタル化されたものが残らないのであれば、一体どうなってしまうのだろうという気がします。

皮肉なことに、デジタル化を研究している人たちにうかがったら、「ちゃんとした紙に墨で書いたものが一番残る」と言われました。今、一生懸命デジタル化していますが、デジタル化される対象は残るかもしれませんが、デジタル自体は残らない。残すためには何が必要かというと、資金なんですよね。資金を投入し続けて、アップデートし続けなければなりません。サーバーにもお金がかかりますね。ご存じのように、日本は今お金があまりない国ですし、高等教育に投資しない国なので、ひょっとするとこのデジタル化は、私たちが思っている以上に脆弱ではないかと不安になります。

それでも、今日のご発表から、それでも展開できる新しい研究があることが本当によくわかりました。三十年前と今を比べてもまったく風景が違いますから、これから三十年後もまた違う風景になっていくのでしょう。こうしたことを踏まえた上で、あらためて、このデジタル化時代に、古典小説を読むとはいかなる行為なのかを、先生方に教えていただければと思います。以上です。

2. コメント②一色大悟

上原　ありがとうございました。続きましてお二人めのコメンテーター、東京大学人文社会系研究科助教の一色大悟さんです。このシンポジウムが本来開催予定でありました二〇二〇年三月の時点では、東京大学ヒューマニティーズセンターにも籍を置かれておいででした。ご専門は仏教学で、二〇一六年に『順正理論（じゅんしょうりろん）』における法（dharma）の認識」という論文で博士号を取得しておいでです。仏教学は、かなり早い時期からデジタル化資料を用いた研究が盛んに進められてきた分野だとうかがっています。本日はそうしたデジタル化資料にも関わってこられた経験を踏まえた上で、少し離れた分野の研究者という立場からのコメントをいただけるかと存じます。どうぞよろしくお願いします。

一色　ご紹介にあずかりました一色です。私は、今回のシンポジウムの登壇者の中で唯一、中国を主な研究テーマとしていない、いわば素人の門外漢です。それゆえ的はずれなことを言ってしまわないかと不安ではあるのですが、むしろ素人ゆえの大胆さを発揮して、少しでもディスカッションの助けになるよう願いつつ、思うところを述べさせていただきます。

先ほどの中島さんのコメントは、テキストを読むという行為そのものの意味をデジタル化時代において問い直そうとする包括的なコメントでした。私も、デジタル化による研究の意味そのものの変容に関心を持つ者であります。ですがここでは中島さんとの重複を避け、自分自身が経験したことと照らし合わせつつ、もう少し具体的なレベルで三点ほどコメントします。

第一に、中川さんのご発表にありました、デジタルテキストデータベースを用いた中国古典文学研究に関し、驚嘆するとともに示唆を受けたことを、率直に申し上げます。中川さんの発表題目を初めてお聞きした時、上原さんが紹介してくださいましたように仏教学でも多言語でデータベースが構築されていますので、その中の漢語仏典データベースに中国古典文学データベースは類似するのだろう、と予想していました。ところが実際にご発表をうかがいますと、その予想がよい方向にはずれ、仏教学とっても示唆的な、先駆的データベースが構築されていたことを知りました。

私がこのような感想を持った理由を説明するには、仏教学におけるテキストの取り扱いの歴史から話を始める必要があります。先ほど中島さんは、十九世紀のフィロロジーの中心的な問題の一つがキャノンであることを指摘されました。仏教学も近代西洋を起源の一つとする学問ですから、同様にフィロロジカルな姿勢を色濃く受け継ぎ、キャノンたるものを求めようとする志向を持ってきました。これは諸学者がすでに指摘していることですし、私もそう認識しているところです。

それに加えて仏教には伝統的に、仏教文献というものの性質に由来して、唯一の正しい定本を求めるという姿勢があったことを指摘できるでしょう。そもそも仏教文献は、仏や先徳たちが洞察した、人生と世界の真実を記述したものだと考えられており、その言葉が真実を指していることに、テキストそのものの価値が依拠していました。言い換えれば、テキストの文言が正しく保存され、かつそれが真実を表現しているからこそ、文献そのものにも、語った人にも権威があるわけです。このような、文献の「正しさ」に価値をおく態度は、一方では、仏教史において幾度も議論されてきた「正しい仏の説とは何か」という問いとして現れています。他方、その態度は仏教が伝播した地域で繰り返された、仏典の一大集成を編纂しようとする営みとも無縁ではないでしょう。

さて特に東アジアをみますと、一般に大蔵経(だいぞうきょう)と言われる漢訳仏典の一大集成が、出版物そのものの歴史とともに中国で編纂・刊行され続けました。そして、日本の近代仏教学界もこの流れに乗り、大蔵経の編纂と刊行を行うことになります。明治十年代の『大日本校訂大蔵経』(縮刷蔵)をはじめとし、ついには大正時代から昭和の初め頃にかけて『大正新脩大蔵経』(大正蔵)全百巻、約一億字という巨大なテキストを編纂するに至りました。さらに大正蔵については、戦後に復刊等の事業が行われたのち、一九八〇年代からは電子化の検討が開始され、ついに二〇〇〇年代には東京大学のSAT大蔵経データベース研究会によって全文データベース化が達成されます。要するに、仏教における大蔵経編纂の潮流が、それをアカデミックに研究するために電子化しようという動きへと連続したわけです。

したがいましてSAT大蔵経データベースは、近代仏教学という十九世紀的な学術の潮流と、仏教における大蔵経編纂の潮流とに位置づけることができます。そのデータベースが信頼のおける版本としての大正蔵をそのまま電子的に提示していることもむしろ自然な流れだったと言えるでしょう。もちろんSAT

大蔵経データベースにも、大正蔵の記述にもとづいて、その底本間に異同があった場合は明示されてはいます。けれども、中川さんが紹介された中国古典小説データベースのように、底本の複数性を認めて比較対照する、というような構造になっていないわけです。

このように言いますと、仏教学と中国古典小説研究とではデータベースがまったく違う、という話であるかのように思われるかもしれません。ですが実は、現代の仏教学も、唯一の定本を求めるのとは少し違う方向に向かいつつあるように思います。

たとえば、日本古写経と言いまして、版本の大蔵経が中国で印刷されるようになる前に日本に伝わり、書写されて残っていた仏典群があります。国際仏教大学院大学の落合俊典さんを中心に日本古写経研究が進められた結果、それら古写経と現在伝わっている版本大蔵経を比べてみると、むしろ版本大蔵経とは別のテキストが存在していたことが明らかになってきました。

またインドや中央アジア等においても、さまざまな写本の発見が相次いでいます。それらと伝世テキストを比べてみますと、どうもインドでも一つの原典にさかのぼることが難しいほどにさまざまな伝承があり、たとえばその中の一つがチベットに伝わり、別の一つが中国に伝わったという形で、現存する異本のバリエーションが生まれた可能性が所々で指摘されています。

さらに京大人文研の船山徹さんは、東アジアにおける『梵網経』の研究成果を数年前に発表されました(『東アジア仏教の生活規則 梵網経 最古の形と発展の歴史』臨川書店、二〇一七年)。これは菩薩としての行動の規定に関する経典ですが、時代に合わせて編集を繰り返されてきたものでした。従ってそこに一つの定本を見いだそうとすることにはそぐわない文献です。

このように現在の仏教学は、むしろ今回のシンポジウムでの小松さんの言葉を借りれば、テキスト間の「異同の相」を明らかにする方向に向かいつつあるように感じています。

このような仏教学の潮流が念頭にありましたから、中川さんのご発表をうかがいまして、中国古典小説の分野では、ごく初期から版本を比較対照するという発想があったことを知り、驚いたわけであります。特に画像対照についてみると、中川さんが紹介されたデータベースでは二〇〇八年段階で実装されていたということでしたが、SAT大蔵経データベースがそれを実装したのは二〇一八年、IIIF規格が導入されてからだと聞いています。中国古典小説の世界で蓄積されたデータベースのメソッドは、今後の仏教学に応用されうる可能性があるでしょう。

ではここで中島さんのコメントに一部、屋上屋を架す形になってしまいますが、データベースのマンパワーと資金の問題について質問します。私も大正蔵データベース化作業の最後のあたりでお手伝いさせてもらいましたので、データベース構築にかかる労力の膨大さは身をもって経験しています。当然そのマンパワーを維持するためには資金も必要ですから、データベース構築には、マンパワーと資金の問題はつきものでしょう。仏教学の場合は、科研費や寄付等によって資金をまかなったと聞いていますが、中国古典小説の場合は一体どのように対応されたのでしょうか。

即物的な話になりますが、データベースの維持には人手と資金が必要である以上、デジタル化時代の人文学は、ある人間の集団が頑張って一つのデータベースを維持し、それに基づいて研究する、つまり研究の体制と研究とが密接にリンクするようになるのではないでしょうか。このような体制が、中国古典小説の分野ではどのように実現されているのかを、お聞きしたいと思います。

第二点目は、小松さんがおっしゃっていた版本研究における近代性への問いについてです。私は今回の『水滸伝』のお話をいただいた時、失礼ながら、『水滸伝』を研究して何になるのだろう、という疑問がまず頭に浮かびました。今回の小松さんのご発表により、それが近代という大きな問いに関わっていることを知って、大いに啓発されました。

一方で、近代的な、我々が見知った世界に『水滸伝』がつながっていることは置いておき、逆に『水滸伝』の版本研究は、前近代性を明らかにしうるのか、ということをおうかがいしてみたくなりました。上原さんのご紹介の中でヒューマニティーズセンターの話が出ました。総合文化研究科の出口智之さんが現在そこに関わっておられるのですが、その方は明治の小説の挿絵を研究しておられ、「画文学」という研究分野を開拓されています。つまり、江戸時代には戯作者（げさくしゃ）が絵を中心に話を書いていったが、実はこの体制が明治の初期にはまだ残っていて、小説家は挿絵を指定しながら小説を書いていた。さらには読者も、挿絵と小説を一体として受け入れていた。このようにテキストの情報のみを文学だと考える、近代的な文学観とは違う文学の生産のされ方と読まれ方が明治にはあったそうです。このようなことを、出口さんはヒューマニティーズセンター第十八回オープンセミナー（「文学研究と美術研究の越境―明治小説の口絵・挿絵を考える―」二〇一九年十一月二十五日（月）、於東京大学伊藤国際学術研究センター）で話しておられました。

では、日本には近代化されながらも前近代から続いているテキストの読まれ方があったとして、『水滸伝』にも何らかの前近代性はなかったのでしょうか。言い方を変えると、『水滸伝』を西洋の近代小説とは違った形にしているものとは何なのか、それを版本研究が明らかにすることができるのか、ということについて疑問を持ちました。『水滸伝』が近代的な方向性を持った、近代文学の先駆けだったとしましても、著者観念や著作観念が近代的なそれとは違ったところで書かれていたのは間違いないでしょうから。

第三に、書き入れに関して質問します。

中原さんと荒木さんのご発表で、『水滸伝』に見られる書き入れが新たな研究の可能性を示唆している、とおっしゃっておられました。中原さんは曲亭馬琴の書き入れ本、荒木さんは東大にある『忠義水滸全書』百二十回本の中に見られる諸版本との校勘(こうかん)を紹介しておられました。

書き入れ研究のためには、古版本にアクセスできることが必要条件です。デジタル化されて手に取るようにさまざまな版本が対照できるようになったことは、書き入れに対する研究を大きく進展させるように思います。実際に両氏は、過去の日本における『水滸伝』の受用・流通状況に関する研究が可能になることを指摘されていました。ただ私はもう少し踏み込んで、書き入れが、かつての読者たちがどのようなテキストの読み方をしていたのかを知る手法になるのでは、と考えています。と言いますのも、テキストをデータだとするのならば、書き入れはメタデータにあたります。メタデータを付与する仕方には、付与した人の意図が如実に表れると思うからです。

実は私自身、仏教教理に関する江戸時代の版本の書き入れに興味を持ち、東京大学に所蔵されているものを調査したいと思っているところです。特に日本近世の仏教界では、版本に書き入れをしながら教理学習がされており、その結果、無名の学僧たちが書いた無数の書き入れ本が現存しています。この種の書き入れは、講義を聴くなどして書いたものですから、それ自体の思想的価値は得てして高くありません。けれども、見方を変えますと、仏教が師匠から弟子に伝わるものだとするならば、師匠から弟子に仏教が伝わる現場、テキストが読まれていくその瞬間が書かれている一次資料だとは言えないでしょうか。

そこで私は、仏典の版本への書き入れに注目することによって、今までは見えなかった仏教の側面を研究できるのではと予感しているのですが、まだ、その糸口をつかめないでいます。もしも『水滸伝』版本や古典小説の版本研究の世界で、書き入れの扱いについて何かしらの知見がすでに得られているようでしたら、お教えくだされば幸いです。

以上です。ご清聴ありがとうございました。

3. データベースの構築と維持に関するマンパワーと資金／周さんのプログラム

上原　どうもありがとうございました。中島さん・一色さんお二人とも、短い時間の中で非常に豊富な、しかも核心を突いたテーマをいくつも掘り下げていただいたかと存じます。それでは、時間も限られていますので、パネリスト全員でのディスカッションに入りたいと思います。

まずは、中川さんに一色さんから、データベースの構築と維持に関するマンパワーと資金の問題がある。中国古典小説研究の場合はそれはどのようにまかなわれてきたのかというご質問。それから、シンポジウムの視聴者の方からきています「周さんのプログラムは、どこかで公開されているのでしょうか？　それとも、研究会会員でないと利用できないのでしょうか？」、もうひとつ「入力業者の減少と人件費高騰が今後の課題とされていましたが、なぜ業者が減っているのでしょうか？　資料のデジタル化の趨勢を考えると、むしろ成長産業に思えるのですが」というご質問から参りましょう。いかがでしょうか。

中川　ご質問ありがとうございました。実はこの周さんのデータベース、私と周さんの二人でやっています。データを増やしていったのは私の科研費です。それだけでやってます。だから全然広がっていません、ほかにやる人がいないのです。ですので『水滸伝』とか『紅楼夢（こうろうむ）』とかそのほかの小説については、二〇〇八年からデータが全然増えていません。なので若い人たちがどんどん加わっていただければと思います。科研費を取って、どんどんデータ入力していただければ、そちらが充実していくだろうと思います。多分、周さんが首都師範大学の正規の役職を定年で辞められてからがあまり進んでないのかなというのが思ってるところで、詳しくは聞いてませんが。一色さんの質問に対してはそういう感じです。

それから、シンポジウムの視聴者からきている質問ですが、二〇〇八年の数字化研討会、その後に行われた、三国志学会だったか中国古典小説研究会だったか忘れましたが、日本で行われたその会にも周さんがいらっしゃって、その中国での学会と、日本での三国志学会か中国古典小説研究会に参加した人には、周さんがその場で販売されました。一万五千円だったか二万円だったか覚えていません。その後は、特に販売していません。どこにもデータを公開していません。先ほど言いましたように二人でやっているものなので。欲しいという人がいれば、もしかしたらもらえる——もらえると言っても有償ですけども——、かもしれません。そのやり方は私もよくわかっていません。周さんに無断で配るわけにいきませんので、欲しいからと言って差し上げるわけにはいかない、そういう状態です。

それから、人件費高騰についてです。それはそうなんですが、業者の減少ですが、中国の業者なので、要するに繁体字ですね。古い字体を読めない人たちが増えてきているということです。簡体字ならいけるんだけれど、繁体字——旧字体——、それから特に版本に使われている俗字・異体字に対応できる職人がいなくなってきていたということだそうです。若い人たちが全然そういう字が読めないというところに、今の中国の問題が出てきているんだろうなということです。少し年配の、古い字体がわかる人は人件費が高いそうです。それを周さんにしばらく前に聞きました。

4. 古籍版本の（専用）ＯＣＲを開発すればいいのではないか

上原　ありがとうございます。あと、関連するところでもう少し補足をさせていただきますと、ハッシュタグを付けてTwitterでつぶやいてくださっている方から「ＯＣＲは使い物にならないということであれば、古籍版本の（専用）ＯＣＲを開発すればいいのではないか」という意見が出ています。これに関して私の知っている情報を申し上げますと、たとえばハーバード燕京図書館です。非常に高額の寄付金を集めて、所蔵している何万点・何十万冊という清代以前の漢籍をすべてデジタル化公開しています。我々が三点公開してシンポジウムをしてるのとは、とても比べ物にならない規模のデジタル化をすでに実現されているわけです。今のところ画像公開にとどまっていますが、どうも専用のＯＣＲソフトを開発しつつ、すべてにテキストデータを付与していく計画をすでにお持ちであるというようなことを、以前担当者の方からうかがったことがあります。具体的にどのくらいのペースでやっていく予定なのかとか、ＯＣＲソフトの精度が現在どの程度であるのかといったことまでは、今のところ私も把握していません。以上、情報提供までということです。

では、ほかにもいろいろなテーマがきていますので、この問題はこのあたりとしまして、続いて一色さんのコメントにありました、書き入れが中国古典小説研究においてはこれまでどのように評価されて研究されてきたか。書き入れというものを、旧蔵者の読書の――読書すなわち勉強という言葉は小松さんのご発表にもございましたが――、旧蔵者が自分の持っている本をいかに学んできたかという過程が書き入れから読み取れるという視点での研究成果と言うのは、白話小説のほうではどうなのかというようなこと。中原さん・荒木さんへのご質問ということでしたが、ほかの先生でもお答えいただける方がいれば。まずは中原さんからいかがでしょうか。

5．中国古典小説研究における書き入れ

中原　天理の馬琴の書き入れ旧蔵本に関しては、今まで馬琴は白話が読めると、みんなが想像して思っていたものが、実際書き入れがあって、それを分析することで、本当に読めたかどうかというのをはっきり検証できるという意味で、それは中国文学に関しても、日本文学に関しても、有用な資料になったと思います。

上原　ありがとうございます。荒木さんからはいかがでしょうか。

荒木　先ほど百二十回本にびっしり書き入れがあるというご紹介をしたんですけれども、その内容はというと、当時存在していたほかの本の同じ箇所はどうなっているか、違う場合はどこが違うか、ということで、研究としてやっていたということが明確にわかります。当時日本にどんな「水滸伝」が存在していたのかという書誌学的な研究や、それらを比較して違いを明らかにしようという版本研究の視点があったという、日本における学習史、研究史の参考資料とできることは確かでしょう。

それから、私自身がまだきちんと読み込んでいないのでご紹介はあまりしなかったんですけれども、す

でに公開が済んでいる三十巻本の書き入れを見ますと、ほかの本ではこうなっているというテクスト間の違いの書き入れのほかに、この単語はどういう意味だとか、この言葉は何を意味するのかだとか――、たとえば、「三宝」という言葉が出てくると、「三宝」とは何と何と何であるという風な――、解釈などが書き入れられていたということがありました。そうすると、読者が、何を知っていて何を知らなかったのか、どういう興味で読んでいたのかという、読者の知識背景がわかる可能性がある本だなと思っていまして、そういう「読む」という行為の背景を知ることにも、使っていくことができるんではないかなと。個別の版本についてではありますけど、そのように感じています。

上原　ありがとうございました。少し司会が出しゃばりすぎかもしれませんが、知っていることを申しますと、白話小説というのは、江戸時代には中国語の学習教材として、読書会のような場で読まれていたというようなことが知られていまして、そういう場でどのような講義が行われていたかというような作業、そういうことをさかのぼるための資料としても書き入れの活用というのは近年結構研究が出ていまして、たとえば『金瓶梅(きんぺいばい)』の鹿児島大学にある本への書き入れなどについて、広島大学の川島優子さんがかなり詳細なご研究を発表されているといった例があります。この点に関して何か補足する点はありますか。

小松　江戸時代のものに関しましては、私の大学にいます孫琳浄(そんりんじょう)さんとか、宮本陽佳(はるか)さんたちが、書き入れを中心にいろいろ研究を進めています。日本における中国語の受容という問題ですね。

6. 中国古典小説研究におけるテキストと挿絵の関係

上原　ありがとうございます。まだまだ論点がありますので、どんどん進んでまいりたいと思います。これも一色さんからのコメントの中でございましたが、テキストと挿絵の関係は『水滸伝』においてはどのようになっていたのか、というご質問がありました。まず小松さんからうかがいたいと存じます。

小松　『水滸伝』の場合は挿絵との関係がそれほど深いという感じはありません。つまりテキストが先行して、それに挿絵が付けられていったというパターンではないかと私は考えています。もっと古い時代の『全相平話』とか、ああいうものですと、挿絵とテキストの関係は相当密接になってくるんだろうと思います。

上原　荒木さんはこの点いかがお考えでしょうか？

荒木　小松さんがご説明くださったのでわざわざ付け加えるようなことはないのですが、『水滸伝』の場合はやはりまず文字によるテキストがしっかりと存在すること、初期の版本には挿絵がないことなどから、やはりそもそもは文字を読むことを意識して作られたものであろうと思います。一方で、イラストを添えて絵解きの状態で作られた読み物というものも早い時代から存在していますから、『水滸伝』の全葉挿絵入りのテキストというものは、そうした絵解き読み物を意識して、挿絵を添えやすいように、元来テキストのみであった『水滸伝』の形式を合わせていったものではないかと考えています。

上原　ありがとうございます。またも司会が出しゃばりますけれども、実は私、荒木さんが代表の『水滸伝』研究班におきまして、『水滸伝』の挿絵の比較研究を中心にやってみるよう荒木さんから仰せつかっております。というのも、今まで『三国志演義』ですとか『西遊記』ですとか、ほかの小説の挿絵についてそれなりに調べたことがあるものですから、『水滸伝』でもということだったんですが、まず一つ『水滸伝』の挿絵というのは、『三国志演義』や『西遊記』に比べて、古い時期の挿絵のある本がたまたま残っていないということがありまして、ほかのものに比べてわかりづらい、という点があります。

ただ、『三国志演義』と『西遊記』を比較しますと、非常によく似た流れが確認できるんです。どんな地域でどんな画風で出たものがこのくらいの時期にあってというのが、『三国志演義』と『西遊記』で非常によく重なる。そこから類推すると『水滸伝』も同じ流れに乗りそうなところですが、小松さんのお話にありました容与堂本の挿絵を見てみますと、これが同時期の『三国志演義』や『西遊記』の挿絵とは性格を異にするものであるかなということを最近考え始めています。

具体的には、『三国志演義』や『西遊記』の一六一〇年前後の挿絵というのは、かなり類型化された、つまりある場面の挿絵を別の場面にも使い回すことが容易にできるようなパターン化された挿絵が多いのに対して、容与堂本『水滸伝』の挿絵はまさに場面を見て描いている。その場面のための描き下ろしの挿絵という性質をかなり強く備えているなということを考えていまして、具体的にはこの先、これは二年間の研究プロジェクトということになっていますので、来年度の末あたりには何らかの成果をお出ししなくてはならないなと考えているところです。

それでは時間もだいぶ押してきていますので、大きな問題に入っていこうと思います。皆さま方のご発表の中でテーマになってきたものとして、「異同の相」という言葉がございました。

キャノンという言葉を中島さんからご提示いただきましたけれども、キャノンを求めるのでもない。それから一人の近代的な作者を想定してそのオリジナルを追及するというわけでもない。では、何を、一体、やろうとしているのか。白話作品のテキストを読むとは一体どういう営為なのかと、言葉にできないものかという、ある意味では厳しいご質問をいただいているわけですけれども、この点につきまして少し掘り下げられればと思います。まず小松さんにおうかがいしましょうか。

7.「異同の相」とキャノン化の問題

小松　まず『水滸伝』について近代的な小説と申し上げたわけです。これはどういう点で近代的なのかと申しますと、前に提示しましたいくつかの条件ですね、つまりまず言語。言語において、非常に、大衆でも理解し得るような言語を、ちゃんとした言語として作り上げた。そして、それが大量に出版されて、大量に広まった。そういう点で極めて近代的であるという意味でありますが、では、内容は近代的なのか。これは一色さんのご質問にも関わってくる問題です。内容は率直に申しまして近代的とは言いにくいし、成立過程も近代的とは言いにくい。つまり、先行する芸能の、いわばとりまとめになるわけです。だから特定の作者というものが存在しない。

ところが、これが次の段階に入っていくわけです。今回は触れていないんですが、『水滸伝』に対するアンチテーゼとして生まれてくるのが『金瓶梅』になります。これは『水滸伝』を基本にしまして、いわば『水滸伝』のパラレルワールド小説として作られているものです。要するに武松(ぶしょう)が、潘金蓮(はんきんれん)と西門慶(せいもんけい)を殺すのに失敗したらどうなっていたかという話で、全部『水滸伝』を裏返しにしていく形になります。この作品は明らかに個人が書いたものです。しかも極めて教養の高い人物です。これが誰なのかというあたりは、実は今度出す『水滸伝と金瓶梅の研究』（汲古書院、二〇二〇年）で推理小説的にやっていますので、ご覧いただければと思うんですけれども。その人は、私の考えでは非常に明確な目的があって書いています。ただ、目的があって書いたにせよ、そこで明らかに一人の作者が机に向かって一つの物語を書き上げるという、それこそ近代的な小説がここで生まれまして、内容的にも勧善懲悪などではまったくない、現実を赤裸々に描くものができあがってくる。

そして、それを受ける形で清朝に入りますと、代表的な白話小説としましてはもちろん曹雪芹（そうせっきん）の『紅楼夢』と、それから呉敬梓（ごけいし）の『儒林外史』というものがあるんですが、この二つの作品は、もともと出版を前提としていません。彼らが、自分たちのいわば自己表現として書いたわけで、著作態度としては極めて近代的です。

そういう方向に進んでくる。その曹雪芹や呉敬梓は何を模範にしたのかというと、『水滸伝』と『金瓶梅』だったわけで、『紅楼夢』と『儒林外史』は、その延長線上に生まれました。つまり『水滸伝』によって、そういうものを表現する枠組みがまず提供されて、それを踏まえて、より近代的な『金瓶梅』が生まれ、それは本来自己表現などを目的として書かれたものではなかったんだけれども、しかし一人の人間が書くという、しかも内容は極めて現実的なものであるという近代的性格を帯びていて、それを受けて清朝に入って、それこそ近代的な、自己表現のための小説というものを、しかも出版や金もうけを目的とせずに書くという行為が起きてくるという、そういう流れがあります。

そういう中でキャノンという点で申しますと、『水滸伝』がキャノンになっていくわけです。誰がしたのかというと、実は最も重要な役割を果たしたのが金聖歎なんです。金聖歎は、自分の『水滸伝』をキャノンであると言い、自分の『水滸伝』こそ施耐庵の元来のものであると言い、そしてほかの本は全部俗本であるとして、軽蔑する。軽蔑すると言いますか、つまり自分のテキスト以外が全部俗本だと言うわけです。つまり自分はキャノンだと主張する。揺れ動く相という問題がありましたが、つまり揺れ動く相の中からキャノンが浮上してきて、それが現れてくる。現れてきて、校勘が何の意義があるかということですけども、金聖歎本とほかのテキストを校勘しますと金聖歎がどう書き換えどうコメントしているかが全部わかります。そこから、金聖歎がいわば近代的な態度でどういう風に進んでいったか、ということがわかるとすれば逆に、書き換えられた元を見れば、それらの作品の前近代性というものが逆に照射されるという、そういう形になっていると私は考えています。

上原　ありがとうございました。今のお答え、中島さんが随分うなずいていらっしゃいましたけれども、それを受けてまたいただける言葉などございますでしょうか？

中島　目からうろことというか、すごく頭が整理された気がしました。先生の本を早く読まないといけないと思いました。ご発表の中でも金聖歎のことは結構強調されていたので、近代的なオーサーシップの問題に関わることはよく伝わりました。その上で、『水滸伝』がキャノン化されていく。これは非常にわかりやすい見取り図だと思います。ただ、先生にご指摘いただいたように、『水滸伝』自身は、『金瓶梅』あるいはその後のものと違う作りがあるわけです。ということは、キャノン化を逃れ続ける可能性もあるのではないかと思うのです。だからこそ、『水滸伝』はこれほどまでに面白いのかなと、逆に思った次第です。

そうすると、近代的なオーサーシップの次の段階で、私たちがテキストを読むことの意味が問われているとすると、『水滸伝』自身も、別の仕方で姿を現してくるような期待を持ってしまいました。

小松　別の仕方と言いますと、どんな感じかということではあるんですが、一つにはこれをずっと全部校勘していく、その過程で『水滸伝』の成立過程というものが見えてきますから、物語がいかにして発生し展開していくかという、古典的な話ですけど、そういう過程もわかる。一方で後ろのほうにどう影響していくか。自分自身がキャノン化していく過程はどうであるか。非常に多面的な読みが可能ですので、『水滸伝』自体の、しかも諸版本を踏まえた研究によって、いろんなことが明らかになるというのはそういう意味ということになりますが。

中島　私の言い方がまずかったかもしれませんが、『水滸伝』はキャノン化されるがままにはならないのではないかという気がするんです。金聖歎はすごい才能だと思いますし、その後の人たちが金聖歎本をキャノンとして読みたいのはわかります。しかし、それでも、『水滸伝』はキャノン化されるままにはならないとすれば、このデジタル化の時代に『水滸伝』を読むことに、別の意味やチャンスがあるのではないかと思った次第です。

小松　違う意味と申しますと、具体的にはどういったことでしょう。

中島　つまり、十九世紀的なフィロロジーが予想している枠組みに収まらないようなものが、今の『水滸伝』研究から見えてきたら面白いと、私は思っているのです。それは、作者が複数だとか、単独の作者がいないという問題ですらありません。『水滸伝』の編成や書かれたプロセスに潜んでいるダイナミックな構造が問われたほうがいいのではないかと思うのです。

小松　『水滸伝』という本のそもそも根本的な問題として、なぜこんな反体制的な本が、あのように広く知識人たちによって読まれたか、という問題からすでにあるわけです。中島さんはよくご存じと思いますが、いわゆる陽明学左派の影響とか、そういうものを当然想定すべきですけれども、それ以外に私は軍隊との関わり、アウトローとの関わり、そういうものがあって、いろいろなものが、それに知識人も当然加わるわけで、いろいろなものがさまざまな形でからまって、そこでそれぞれの仕方で受容していくという、その受容の相を全部明らかにできれば——できないと思いますけど——、そこから何か新しいものが見えてくるのではないかとは考えていますが。

中島　まさに「江湖（こうこ）」ですよね。近代的な主体化に収まらない「江湖」が、どう表象されるのかということですね。すみません、いろいろしゃべりすぎました。

小松　とんでもございません。ありがとうございます。

8．ＯＣＲと中国の画像使用

上原　大変興味深いやりとりをありがとうございました。今の点に関連してほかの方からは何かありますか？特に、かなり深いところまでお二人で掘り下げていただきましたので、これ以上付け加えることも、という感じでしょうか。

それでは、シンポジウムの視聴者からきている未回答の質問に移ります。「中川さんにご質問です。ＯＣＲについての質問です。現在国内では国文研を中心にくずし字ＯＣＲのプロジェクトが進んでいますが、こうした研究への版本画像（データセット）提供などといった連携は視野に入れたりすることはないのでしょうか？」という、大東文化大学の金木利憲さんからのご質問です。

中川　ありがとうございます。まず、国文研のこのプロジェクトについてよく存じ上げていませんでした。ほかのプロジェクトに画像提供となると、これは、画像を複写した時の条件に反するので、そういう意味で結構難しいのではないかなと思います。ですので、私が複写を頼んで手に入れたものをデジタルに、たとえばテキストデータ化したのもほかの人に提供するのもどうかなと思っています。まして画像は、そもそもの契約と言いますか、複写を依頼する時の条件にはずれてしまいますので、そういった点がまだ難しいのではないかなと思っているところです。

上原　画像の使用権というものは、まず資料を所有している機関、あるいは個人である場合もありますけれども、その考え方次第であるというところがどうしても付きまとってきます。ただ持っているだけではないかと言われるかもしれませんが、こういう古い資料を適切な条件の下に劣化が進まないように気を付けて管理するというのは、それはそれでかなりのコストがかかるものですので、所蔵機関がそれなりの権限を持ってくるというのは、ある程度致し方がないところもあるのかな、と。

とはいえ、たとえば著作権法的な考え方で申しますと、何百年前のものということでそういう権利は一切切れているということになりますので、CCライセンスに準じた自由利用の枠組みでどんどん公開していくという流れが、ヨーロッパあたりから始まって、アメリカ、それで日本にもだんだん押し寄せてきて、その流れに乗った取り組みの一つが我々の「アジア研究図書館デジタルコレクション」でもありますが、一方で、漢籍に関しましては何と言っても中国がお膝元です。中国ですと、そもそも国内法の関係だとかで、図書館利用者に対しても、著作権が国際的な基準でいけばとっくに切れているものであっても一定量以上の複写は認められない、というような事情があったりします。

所蔵機関自体がデジタル化公開するという分にはその限りではないらしく、全文公開しているというようなこともあるにはあります。たとえば、すごい量の善本を所蔵して、かつデジタル化公開を三年くらい前から始めている中国国家図書館ですけれども、大量のデジタル画像を公開しているんですが、IIIFというような枠組みには乗らずに、独自の規格を使っています。公開するものは登録なしで利用できるというのが欧米や日本では主流というか当たり前のような扱いを受けていますけれども、中国国家図書館では利用証、あるいは公的な身分証を使っての個人登録が利用に際しては必須になっているという面もあります。やはり漢籍となると中国の動向というのがどうしても鍵を握っていますので、そのあたりも今後の漢籍デジタル化の在り方がどうなっていくかというのに対しては影響力が大きいのかなと考えています（編注：中国国家図書館も二〇二一年十二月から登録不要のオープンアクセスで古典籍の画像を公開するようになりました）。

まだまだ興味深い質問がたくさん寄せられていまして、「ディスカッションで取り上げたいと存じます」とご回答申し上げた質問などもあるのですけれども、残念ながらお時間となってしまいました。このあたりでこのシンポジウムは締めとさせていただきたく存じます。

本日は「漢籍デジタル化公開と中国古典小説研究の展開」と題してさまざまなお話をうかがってきましたが、それにとどまらない、非常に幅広い問題を提起していただくことができたかと存じます。パネリストをお務めいただきました六名の先生方に篤く御礼申し上げます。

付　Q＆A

ディスカッションで取り上げられなかった、あるいは後日いただいた質問に答えます。

1．笠井直美さんから上原究一さんへ

○上原究一さんへ（名古屋大学・笠井直美さんより）

笠井　中原さんのご発表へのコメントにつきまして。

中原さんの緻密なご発表と、上原さんの総合的・有機的にさまざまな情報を整理してくださったコメントで、細かいところも含め見通しよく理解でき、大変ありがたく存じました。

その中で一点、「最もよい版本を追求する」という立場ではなく、「物語の流伝・流転の流れの中で、どの版本もそれぞれの意義がある」という考え方自体は、高島さんの本が出た時期くらいにはすでにあったと思うのですが、いかがでしょうか。今すぐ思いつくのは鈴木陽一さんの「岐路に立つ小説研究」（『中国古典小説研究動態』一、一九八八年）、上田望さんの「『三国演義』版本試論」（『東洋文化』七十一、一九九〇年）あたりですが、本日ご発表の中川さんや、金文京さんの『三国演義』版本研究もそういう立場からのものであったと理解していますし、私自身も学生時代からそのような前提で研究してきたつもりです。

もっとも、高島さんの本は、一九七〇年代の『漢文教室』での連載を中心にまとめたものですので、そういう意味ではタイムラグは存在したと思います。上記のような考え方が近年のものだと誤解が生ずると少し残念に思い、僭越ながらQ＆Aにて質問させていただきます。

上原　笠井さん、的確なご指摘をありがとうございます。

確かに先ほどの私のご説明にはやや舌足らずな部分もあったかと存じます（見苦しく言い訳をするならば、ご指摘のものはいずれも『水滸伝の世界』の翌年以降のものではありますが……）。広がりの余地のある問題かと思いますので、時間の許す限りディスカッションの際にパネリストの先生方のご意見もうかがってみたいと存じます。

笠井　ディスカッションで取り上げてくださるとのこと、恐縮です。

戯曲研究のほうでは田仲一成さんの研究がありますが（「十五・六世紀を中心とする江南地方劇の變質について（五）」『東洋文化研究所紀要』七十一、一九七七年では、琵琶記・西廂記の版本分化と演劇が行われた「場」・主催組織の関係などを論じています）、小説研究で明確に活字になったものは高島さんの御著書より古いものはないかもしれませんね（自分も記憶が不確かなので申し訳ありません）。

※当日のチャットでこのやりとりをしたものの、時間の関係上ディスカッションで掘り下げることはできませんでした。

2．石川就彦さんから中川諭さんへ

○中川諭さんへ（慶應義塾大学博士課程〈当時〉・石川就彦さんより）

石川　ご発表大変興味深く拝聴しました。一点質問があります。白話小説のデジタル化において、各版本における眉批・夾批・回初回末総評といった評語についてはどのように扱われているのでしょうか。

中川　ご質問ありがとうございます。批評については、今のところ扱っていません。議論はされつつあるのですが、扱う方法がまだわからないという実情です。もちろん批評も重要なものなので、いずれはよい方法を考えたいと思います。

うろ覚えですが、版本によっては回末総評が収録されているものもあったかと記憶しています。ただ、これももしかすると担当した業者の方が本文との区別がつかずに本文だと思って入力してしまったのかもしれません。

第Ⅲ部　講演をめぐる討論会

○東京大学アジア研究図書館デジタルコレクション『水滸伝全本三十巻』[E46386-01]（26コマ目）より

ここでは、シンポジウム終了後の二〇二〇年九月十六日に開催された、東京大学附属図書館アジア研究図書館上廣倫理財団寄付研究部門（U-PARL）協働型アジア研究企画「東京大学蔵水滸伝諸版本に関する研究」オンライン会合「小松先生、中原先生のご講演をめぐる討論会」の記録を紹介します。

【出席者】

小松　謙（京都府立大学教授）
上原究一（東京大学准教授）
藤村明日香（東京大学大学院生）
荒木達雄（東京大学附属図書館 U-PARL 特任研究員・進行役）
馬場昭佳（学習院大学非常勤講師）
井上浩一（東北大学フェロー）
中原理恵（京都大学研修員〈当時〉）
佐高春音（慶應義塾大学非常勤講師〈当時〉）
孫　琳浄（立命館大学嘱託講師〈当時〉）
中村　覚（東京大学助教）

1. 水滸伝の「近代性」とは

荒木　先日、私どもの部門が主催者の一つとなり、「漢籍のデジタル化公開と中国古典小説の展開」というシンポジウムをオンラインで開催しました。本日の会合のメンバーの中からも多くの方がご視聴くださったようで、感謝申し上げます。そのシンポジウムの終了後に実施したアンケートに対して、本日もご出席の井上さんが丁寧にコメントをお書きくださいました。その中で小松さん、中原さんへのご質問をいただいていますので、これにお二方からお答えいただくことで本日の討論の出発点としたいと思います。それでは、井上さん、お手数ですが、あらためてご質問の内容をご紹介ください。

井上　小松さんのご講演、大変興味深く拝聴させていただきました。金聖歎（きんせいたん）の改編が、『水滸伝』はもちろん、『三国志演義（さんごくしえんぎ）』や『金瓶梅（きんぺいばい）』など、各長編白話（はくわ）小説の定本化に大きな影響を与えたことは周知のこととして存じておりましたが、「近代文学に向かう方向性を持つ」といったことはあまり考えたことがありませんでした。金聖歎自身は貫華堂（かんかどう）本を「古本」と称し、表面上・形式上はあたかも「作者が書いた本文はどうであったかを追究する」体裁をとるなど、「古さ」によって権威づけを行っているにもかかわらず、「白話文学的版本研究」を通して見てみると、その文章は、むしろほかの版本より近代性・先進性を有し、それゆえに流布本の地位を獲得したのだとすれば、とても面白いと思いました。この近代性が何に由来するものか、金聖歎の資質によるものか、思想背景や社会背景によるものか、文章作成レベルが白話小説界全体で上がったことによるものか、などが気になります。また、ほかの小説の定本・流布本となった版本、『三国志演義』の毛宗崗（もうそうこう）本や『金瓶梅』の張竹坡（ちょうちくは）本がどの程度同様の性質を持つのかも興味深いところです。

小松　ご質問の主なところは、近代性が何に由来するものか、というあたりですね。金聖歎の資質によるものか、思想背景や社会背景によるものか、文章作成レベルが白話小説界全体で上がったことによるものか……これらはすべて関わっていると思うのですが……。ざっと申しますと、これは実は大昔に島田虔次（けんじ）さんが『中国における近代思惟の挫折』で昭和二十年代にすでに論じておられることなんですが、この明（みん）末という社会の特異性ということが背景にあると思われます。歴史的に言いますと、まず、宋（そう）代まではこういう状況はほとんど生じそうもないわけですけれども、元（げん）になりましていっぺんモンゴル人支配と公文書が白話によるということで、いわばシャッフルされるということがある。明に入りましてからまた科挙制度に戻るんですが、ここで科挙制度自体がまったく変質しているということが、おそらく重大な課題になります。

と言いますのは、朱元璋という人が最下層の出身者で、彼は階級的復讐心みたいなものを持っていたと思うんですが、そういうものが背景にあるのではないかと考えます。特に重要なのは、一つは、いわゆる永楽の三大全、つまり、永楽年間に『四書大全』と『性理大全』と『五経大全』という三つの本ができて、科挙はこれを用いることと定められる。それからもう少し時代が下がって成化年間ぐらいに確立したようですが、科挙の答案は八股文を使うということが定められる。この二つはどちらもとても評判が悪いことなんですけど――思想史とかそういう面では――、ところが、これが影響したところは極めて重大である。というのは、永楽の三大全を定めてそれでいいということにした、ということはどういうことかというと、読まなきゃいけない本が減ったわけです。そうしますと、今までは科挙を受けられなかったような人に受験するチャンスがめぐってくることになります。それから八股文というのはご存じの通り文学性はまったく要求しないんですね。詩を作ると八股文はだめになると言われているぐらいで。対句で作るんですけど、論理的思考能力と知能を問うということになって、ハイブローな文学的感覚は要求しません。

その結果何が起きたかというと、何炳棣さんなどが研究しているところですけれども、明王朝というのは上昇と下降の速度が極度に速くなる。つまり、科挙に合格してのしあがる、そこから転落するペースがすごく速くて、まったく士大夫のような家庭の出身ではない人が士大夫に成り上がる、そこからまた転落していくということが起きてきます。たとえば李夢陽などは、私のおじさんはやくざだ、とか言っているわけです。そうしますと、彼らは自分自身が庶民的な階層の出身であって、そういう感覚をもっているわけです。李夢陽が「真詩――真の詩――は民間にあり」と言う、これは李夢陽だけが言うんではなくて、李開先も言っているし、袁宏道も言っている。まったく文学的主張が違う人々がまったく同じことを言います。それはどういうことか。

たとえば李夢陽について言えば、子どもの頃から庶民的なお芝居や芸能に親しんでいる、民間歌謡に親しんでいる。そうして自分で詩を作ると、そっちのほうが嘘ものだとしか感じられないわけです。では、真実は何なのか。李夢陽がなぜあのような、盛唐の詩を模倣するという行動に走ったかというと、多分、「真の詩」は盛唐の詩だから、それを真似すればたどりつけるのではないかという考えを持っていたのではないかと、私は思っています。それが復古派、いわゆる古文辞派の発生した由来ではないか。そして、同時にこの「真」という文字は陽明学のキーワードでもある。つまり、明代後期の人には異常な熱狂をもって「真」なるものを追い求める傾向が現れてくる。そして、知識階級も庶民性を持っている。さらに、陽明学の中のいわゆる左派と言われる人々、泰州学派とかそういった人々は庶民を非常に重要視して、徳の上下に身分の上下は関わりないという考えを持つ。

たとえば王心斎などは、塩田の労働者出身で、ろくに学問はなかったと言われていますが、みんなから非常に崇拝されるということが起きてきます。そういった背景、その中で、陽明学左派の考えでは、要するに自分の考えをそのままむき出しにして率直にやる、右顧左眄しないことが要求されますから、ご存じの通り、魯智深のような人間が理想化されることが起きてきます。同時に、個人というものを重要視するようになる。これはつまり、西洋近代の発想に近くなってくるわけで、しかも庶民というものに気がつく、庶民も人間だということに気がつく……というより、庶民出身の知識人というものが発生してくるということが起きます。

こういう背景をうけて出てくるのが李卓吾になるわけです。そして、李卓吾においていわば極限まで行くわけですが、金聖歎が李卓吾の影響を受けているのは非常に明らかです。いわば近代へ向かう方向性にあるいろいろなものを受けて金聖歎が出てくる。そして金聖歎自身は、彼が書いているものを見ますと、『水滸伝』と『西廂記』と、――『西廂記』の作者は董解元だと言ってるんですけど、それから「才子の書」、つまり、「離騒」、『史記』、『荘子』、杜甫の詩……普通だと李白の詩がきそうなんですけど、彼の趣味なんでしょうけど……、こういったものと並列して――、金聖歎は何と言うかというと、杜甫であるとか屈原であるとか司馬遷であるとか、こういった人々は、死ぬ思いをして、血の汗を流してこれを書いたと。同じように、董解元も施耐庵も、血の汗を流してこれを書いたにちがいない。つまり、これは明らかに、そういう文学作品と白話小説あるいは戯曲を同レベルのものと見なすという、そういう態度であるわけです。であるから、白話小説は、知識人が全力をあげて取り組むべきものだ、そういう発想を金聖歎は持つ。そこで、小説というものをいわば自立させるということで、芸能の要素を全部排除していくわけです。あらゆる詩や韻文を除いてしまうということが起きます。そして近代小説に近いものになるし、小説というもの自体の地位も確立する。

ただ、ここで逆転現象が起きてくるのは興味深いところです。というのは、実は西洋の場合もまったく同じようなことが起きてくるわけです。十八世紀から十九世紀になってきて、ドイツやフランスの浪漫主義の人々の間で何が起きたかというと、庶民も読めるものを書いて、その中から名が上がってきた人々が非常に強いエリート意識を持つということが起きてきます。つまり、幸福な少数者のための小説、あるいは詩という発想ですね。バイロンとかが典型的であるわけですが。そしてあるいはフローベールなどはブルジョワを軽蔑するということが起きます。同じことが金聖歎にも起きてくる。そして『水滸伝』については、金聖歎の場合はより階級性がはっきりしているんですが、昔は『水滸伝』は役所の下役人や行商人が読むものであったが、違う、これはちゃんとものがわかる人間だけが読むべきものだというエリート意識が発生してくるわけです。これは西洋と軌を一にしていて面白いんですけれども。このまま進んでいくと……というところなんですが、清王朝のはずれものに受け継がれることになって、曹雪芹の『紅楼夢』、呉敬梓の『儒林外史』みたいなものが出てきて、『紅楼夢』や『儒林外史』は明らかに金聖歎の影響下にできあがっているということになると思います。

ただ、ここで、ご質問の毛宗崗本や張竹坡本ですね、つまり『三国志演義』や『金瓶梅』ですが、これは金聖歎のような性格はあまり持っていない。たとえば、詩文を全部カットしてしまうとか、そういう動きはありません。張竹坡本の場合は本文自体が崇禎本をほとんどそのまま使用しているので。だから金聖歎は特殊な、突出した例にはなるんですが、ただ後継者はちゃんと持っている、そういう形になろうかと思います。それで、西洋の影響を受け、あるいは日本の影響を受けた近代小説が生まれるにあたっては、『水滸伝』『金瓶梅』に続いて『紅楼夢』がベースになったのかなと考えています。

井上　詳細にご説明いただき、まるで講義を拝聴したようで、とても勉強になりました。私の質問はもう少し狭い範囲の話で、たとえば李卓吾本と金聖歎本の間で、先進性の差がどういった背景によって生じたのか、というぐらいの意味でした。小説の地位の上昇は李卓吾の時点ですでに始まっていたと思うのですが、今のお話によると、金聖歎の段階で遂に価値が逆転し、自分は小説を読める人間だというエリート意識を持つようになり、それが先進性の原動力になった、というような理解でいいでしょうか。

小松　おそらくそういうことはあると思います。つまり、これを読み、書く者こそがエリートだという。「天下才子必読書」の類いですから。才子たるものこれを読まんといかんということを、金聖歎自身が言っていますので。

井上　なるほど、わかりました。

2. 水滸伝の特徴とその影響

荒木　お二人ともどうもありがとうございます。さて、それでは本日ご参加の皆さまがたからも、まずは小松さんのご講演に関することからご意見、ご質問を賜りたく存じます。いかがでしょうか。

佐髙　小松さんのお話をうかがいしまして非常に勉強になりました。私が注目しているところはかなり小さなポイントで、文章技巧のあたりにのみ焦点を当てて研究しているのですごく小さなお話になって申し訳ないんですが、誰か作中人物の目を通して語る時に、その作中人物の目にしたもの、もしくは知覚できるもの以外は語らないとか、そういった技巧といいますか理論をもっているということ、李卓吾がそのようなことを批評で言っている、金聖歎はその影響を受けているのではないかなと思うんです。先ほどの小松さんのお話ですと、金聖歎の「水滸伝」は毛宗崗本や張竹坡本の改編や評にはあまり影響がないということだったのではないかと思うんですけども、少なくとも、視点に関する文章技巧については毛宗崗本や張竹坡本にも影響を与えているのではないかなという印象を抱いています。

小松　先ほど、影響があまりないのではと言ったのは本文だけの話でして、批評自体は大変影響が強いんです。それどころか、これは孫さんがやっているんですが、馬琴にまでずっと影響しているということになると思います。おっしゃった視点人物ですね、これは確かに非常に重要なポイントで、視点人物が誰であると想定するということは大変近代的な態度ですね。本来は全能の語り手が語るというのが白話小説の基本だったんですが、金聖歎は視点人物にやたらにこだわる。佐髙さんはもちろんご存じかと思いますが、あの人肉饅頭のくだりはとんでもない書き換えをしている。武松は目をつぶっているから見えないはずだと、「聞こえました」に書き換えてしまう。それは注目するに値するところで、態度は近代的で……。もちろん近代的というのは後世の目から見て近代的なんですけど、進んでいくとそういう風になるんだろうなというところかなと思います。

佐髙　ありがとうございます。

上原　シンポジウム視聴者へのアンケートできていた質問にからめて一つおうかがいします。「水滸伝の版本研究が、近代読書論に接続し得る問題だという認識はありませんでした。非常に刺激的でした。ただ一点、戯曲の台本から近代的小説へと文体・表現などが変容していくことを〝洗練〟とおっしゃっていたが、そこに近代的小説への〝発展〟を自明視してしまう危険性がないか、気になりました」というコメントが、一橋大学博士課程の郡司祐弥さんからきています。小松さんの表現の中で水滸伝の文章の書き換えを「洗練」あるいは「進化」という言い方をされていたところがあったかと思いますが、近代に向かうことを「進化」「発展」と自明視してしまっていいのかという問いは、確かになされていいのではないかなと。そこに関してお考えを聞かせていただければ。

小松　ええ。まず、「洗練」というのは要するに、文章として読みやすい、意味が明快であるというところで、これについては「洗練」と言って差し支えないのではないかと思います。問題は内容とかの書き換えなんですね。金聖歎の書き換えは本当に正しいことなのか。非常にけしからんというものでもないのではないかと思います。一方で、水滸伝の発展というものを考えればけしからんという意見もあるんですけれど、今度出す『水滸伝と金瓶梅の研究』（汲古書院、二〇二〇年）でも書いているんですが、金聖歎が知識人の立場から書き換えたことによって、本来持っていた民間の力や感覚が失われてしまった側面があることは否定はできない。私は割合そっちのほうを重視するのが本来の考え方です。ですから、「洗練」、あか抜けていくことはあか抜けていくんですが、あか抜けていくのがいいことなのかどうかというところがまた別の問題として浮上してくると考えています。

上原　ありがとうございます。言葉の選び方一つで、同じことを考えていても伝わり方が違ってしまって難しいところだなと感じているところです。「発展」というような表現も出てきましたけれども、私も、「発展」という言葉は進歩史観を前提としているようでよろしくないのではないかと、ほかの先生からご指摘をうけたこともあります。博士論文のタイトルを考える時に「百回本『西遊記』の成立と発展」というあたりから候補を考えたのですが、そこで、「発展」はいかがなものかというようなことが出てきまして。いろいろ考えた挙げ句、「発展」はやめて「展開」にしておくかということで、「成立と展開」というタイトルに最終的に固めたということがありました。そうは言いつつも、気分として、あか抜けていっているだとか、あまり深く考えずに書いていただろうというところを――よくなっているか悪くなっているかは別として――いろいろ考えた上で文章に手を入れるようになっているというのは、金聖歎においては確かにそうですし、ほかの小説においてもそのような傾向が認められる版本は結構あるのかなと思いますので、そのあたりをどう伝えていくかという言葉選びの問題なのかなと思います。

それから、近代性ということに関して、講演をうかがっていて感じたことをおたずねしたいのですが、文法にしろ、表記にしろ、『水滸伝』は現代の中国語につながってくる重要な要素をもっているというご指摘は、さすがに小松さんという、自分ではなかなか思いもよらなかったことながら、言われてみれば確かにそうだと受け止めました。『水滸伝』がその意味で先駆的な作品であったことは間違いないんでしょうけれども、その一方で『水滸伝』だけをそこまで特別視していいのかなということも、少し感じたところです。『水滸伝』だけが、白話文を用いた作品として存在していたんだとしたら、そこまで大きな影響力を持ち得たんだろうか。やはり『水滸伝』だけではなくて、フォロワーになるような、同じ文体を採用する作品が出てきたからこそしっかりと根付いていったというところもあるんだろうし、『水滸伝』自体の文章の「洗練」も、『水滸伝』だけしかなければ進まなかったのではないかという気もしたんですけれども、そのあたりはいかがでしょうか。

小松　そうですね。『水滸伝』の影響力が一番強かったのは多分間違いない……というのは、やはりこれが知識人に受容されたからというのが大きいのだろうと思います。つまり、社会的影響力という点で。ほかの作品、たとえば四大奇書のこりの三つについて言っても、『三国志演義』の場合はあまりそういう方向性は持たないというか、とにかく好き放題書き換えられていってしまう傾向がありますね。『西遊記』は上原さんにうかがいたいのですが、どうなんでしょう。

上原　私はもともと、百回本『西遊記』の成立年代は一般的な研究者が考えているよりも二、三十年遅い万暦（ばんれき）

二十年（一五九二）だと考えていますので、小松さんの話の中に『西遊記』を位置づけるとしたら、「水滸伝の最初かつ最大のフォロワー」というような感じです――「最大」は『金瓶梅』と争うべきなのかもしれませんし、時期として「最初」も争っているかもしれませんね――。ただ、商業出版ルートに乗ってきたものとしては『金瓶梅』の詞話本よりも『西遊記』の世徳堂本のほうが早いかもしれませんので、「最初」とは言ってもいいのかもしれません。四大奇書でいうと、言語的な意味では『三国志演義』が文言に近くて少し浮いていて、『水滸伝』が口語体の、白話文の先駆けとなって、それを受ける形で『西遊記』と『金瓶梅』という二つのフォロワーが出てきたからこそ、『水滸伝』本体のその後の展開にもつながっていったというところがあるのかなと漠然と感じていました。

　その流れの中でもう一点、『金瓶梅』を、この間の講演では近代的小説、一人の作者が書いたということで、『水滸伝』や『西遊記』のように長い変遷を経てできたものに比べて特徴的だというご指摘があったかと思います。それはまったくその通りですが、その流れを考える上でもう一つ特徴的な作品としてとらえていいのかなと思ったのが、『西洋記』というのが面白いかなと。『西洋記』には二南里人という署名が冒頭にあります。『金瓶梅』は蘭陵笑笑生というペンネームで書かれていますが、笑笑生が誰だかわからないのと違って、二南里人は羅懋登という人だとほかの本から確かめられるので、笑笑生のようなその時限りの号ではない。商業出版向けに戯曲の注釈などをつけている程度の下層文人ではありますけれども、『西洋記』は名前を出して本を出すことができるレベルの人が日ごろから使っている号を使って書いた、つまり作者が自分の本名がわかる形で書いた最初の口語体の小説と言っていいのではないかという気がします。

それから、内容的にも、二階堂善弘さんが書かれていますが、元になった古い伝承があるんだかないんだかよくわからない。ないんだとしたら、それこそ、まとまった分量の話を羅懋登が創作したということになりますし、あるんだとしても『西遊記』や『水滸伝』のようにある程度の形にまとまったものが羅懋登の前にあったということではないようです。万暦二十五年（一五九七）の刊行というのがはっきりしていますので、時期的にも早いですから、一つ特徴的なものとしてとらえてもいいのかなと。

また、文字表記の問題については、『水滸伝』の場合は万暦後期の容与堂本で何度も版木を直すという非常に特異なことをやっているということで特徴的だと思いますが、残念なのは確実に万暦前半の刊本だというものが残っていない。もしかしたら石渠閣本がそうかなという話になってはきていますけれども、はっきりとはいきません。それに対して、『西遊記』や『西洋記』は万暦二十年代の刊本の文字遣いが確かめられますので、そういう意味でも注目してみると何か発見が出てくるかなという印象を持ちました。具体的に何か手を付けてみたわけではありませんので、空振りに終わるのかもしれませんけど。

小松　『西洋記』はちゃんと読んでいないのでしかとしたことは言えないんですけど、あの時期ぐらいから知識人がだんだんと名前を出して白話小説を書き始める。その後、袁于令なんかも出てきますし、もちろん馮夢龍と凌濛初などもいるわけです。だから、そこで、何か態度が決定的に変わってきたということですね。一流知識人が白話小説を読んでますと明言しだすのは、やはり『水滸伝』からだろうなと。李開先とその周辺の人々ですね。それから文徴明とか。文徴明は全部手書きの『水滸伝』があるそうで。どこにあるのか。あったらぜひ見たいんですけど。だから、嘉靖から急激にそういうことが起きてきたということになるんでしょうね。出版との関わりが当然あるんだということでしょうが。

荒木　それまでとは異なる性質を持った『水滸伝』が現れて、その影響がどこにどのように及んだかというお話が出ていますが、孫琳浄さんが中国小説から日本小説への影響について研究されていますので、『水滸伝』の日本への影響として、いま注目されていることについてご紹介いただきたいと思うのですが、いかがでしょうか。

孫　私は主に、曲亭馬琴がどのように『水滸伝』を利用しているのかを研究しています。『八犬伝』を例にあげると、ご存じの通り、馬琴は『水滸伝』の内容、ストーリーをそのまま用いているのではなく、自作の主旨に合わせて細かく分解したり、捻ったりして利用しています。また、ストーリーだけでなく、小松さんもおっしゃっているように、馬琴の『水滸伝』翻訳もの『新編水滸画伝』には、金聖歎の批評に基づく文言が確認でき、馬琴は金聖嘆の影響も受けていると考えられます。

これからの作業ですが、『新編水滸画伝』の底本である馬琴手沢本『忠義水滸伝』には大量の書き入れが認められます。『画伝』と手沢本の内容を見比べると、馬琴は『水滸伝』の翻訳をしながら、白話知識の勉強をもしていたと感じられます。『画伝』執筆以前の作品と、それ以後の作品に利用されている白話語彙を照合すれば、『画伝』を執筆することが、馬琴のそれ以降の読本創作に具体的にどのような影響を与えているのかが明らかにできると思われます。馬琴の読本作品に見られる白話語彙の受容を解明することは、近現代日本で用いられてきた漢語語彙の展開・定着の研究にも資するものです。今はそのあたりのことに興味を持っています。

荒木　どうもありがとうございます。『水滸伝』と日本文学についてはここにもお二方研究されている方がいらっしゃいますので、このプロジェクトでも取り組んでいただければありがたく存じます。

馬場　先ほどの上原さんと小松さんのお話に戻ってしまうのですが、私も『水滸伝』研究をしていて、当時の――といっても時代を限定するのは難しいんですが――、『水滸伝』という作品がパイオニアであり牽引役であったということを思っていました。むかし研究していたことを思い出しながらなんですが、主に二点ありまして、まず、『水滸伝』が梁山泊を中心とする古い伝承から発展する上で、宋代の英雄の物語の筋書きをとりいれていったということ。それから、百八人の中に過去の英雄の分身のような人物を入れること。こうしていわば当時の人にとってのドリームチーム――現代で言えば王貞治がいて長嶋茂雄もいるというような――そういう感覚があって、そのドリームチームが当時の物語の王道パターン――少し間違うとマンネリ化してしまうのですが――、王道のストーリーをたどっていくところが非常に受けたのかなと感じていました。久しぶりにそんなことを思いました。

荒木　少し補足をしますと、馬場さんは宋代忠義英雄譚と名づけていらっしゃったかと思いますが、特に岳飛と楊家将ですかね、当時ネームバリューがあり、注目されていたヒーローたちの物語の要素を取り込むことで『水滸伝』がステータスを上げた。そしてまた、そうした先行するストーリーを導入したことで長篇化し得たというようなご論考であったかと思います。

それから、七十回本が定本化していく過程の中で切り捨てられた話も、ただ切り去られただけではなく、何らかの形でほかの物語に入りこんだり、別のテーマを与えられて独立して流通していくというご研究もされていたかと思います。そのあたりのこともまたご説明いただければと願っています。

3．百二十回本諸本の調査

荒木　お話がどんどん広がっていってしまい、どこで止めていいものか迷ってしまうのですが、ここでいったん井上さんから中原さんへのご質問に関する討論に移らせてください。同様に井上さんからご発言をお願いします。

井上　「現存数は、『水滸全書』のほうが『水滸全伝』よりも圧倒的に多い」とのことですが、「その二」の「2．異版」によると、後修本は「少なくとも五段階」存在するということなので、段階分けできるほどの数があるということですから、やはり後修本が多いのでしょうか。また日本全国、あるいは世界にどのくらいの数の『全書』があり、どこの本がどれ――郁郁堂本、もしくは後修本の第何段階――に当たるのかということをまとめた調査報告はすでにあるのでしょうか。あれば、ぜひ拝見したいと思いました。

中原　まず、百二十回本『全傳』は十種、『全書』は四十四種、現時点で確認しています。このほか、目録で存在を確認できる百二十回本は十五種あります。

実際に調査した本がそれぞれどこに存在しているかというと、日本に三十三種、中国に十九種、台湾に二種あります。目録の情報を加えると、中国に九種あり、これには傅惜華の影印本（『傅惜華蔵古本小説叢刊』中国：学苑出版社、二〇一五年）も含んでいて、そのほか、アメリカに五種、イギリスに一種あります。

このことから、日本に多く残っていることがわかります。また、現存が中国、台湾であっても、たとえば台湾大学の本は久保天随（てんずい）の旧蔵本であったりと、もともと日本人の所蔵であったものもあります。

次に、『全書』に関して、郁郁堂本と後修本の数ですが、郁郁堂本は六種、後修本は三十八種で、後修本のほうがかなり多くあります。

後修本は大きく甲と乙の二つに分けることができて、シンポジウムで説明したのは、後修本乙についてだけです。話が細かくなるので省略しました。後修本甲というのは、簡単に言うと、郁郁堂由来の版木の割合が、後修本乙よりも高いこと、それから後修本甲のみにある版木の彫り直しが確認できる、というものです。後修本甲は、郁郁堂本と後修本乙の中間に位置づけられます。

後修本甲は現存三部で、中国国家図書館、天理図書館、台湾大学図書館に蔵されています。このうち、中国国家図書館蔵本は、郁郁堂本と後修本の配本なので、天理図書館蔵本と台湾大学図書館蔵本が完全な後修本甲だと言えます。

後修本乙は、馬蹄疾が『水滸書録』で「二印」と呼んでいるもので、版木を彫り直した数量から少なくとも五段階に分けることができます。異版の混入の状況によって、大きく分ければ五段階、さらに細かく分ければ九段階に区分することができます。詳しくは『版本目録学研究』第十二輯（中国：国家図書館出版社、二〇二〇年）に書きました。まもなく出ますので、そちらをご覧ください。

版本を調べる時、私は主に字の欠けであるとか、匡郭（きょうかく）の割れを見て確認しているので、印刷のコンディションによって段階分けが間違っていることもあるかと思いますが、おおむね合っていると思って調査しています。

井上　ありがとうございます。その論文では、一目見ればどこにどの段階の本があるのかがわかるように整理されているということでしょうか。

中原　そうですね。今まで調べた書誌を並べて、後修本の五段階の表も載せているのでわかるかと思います。

井上　それを楽しみにさせていただきたいと思います。ありがとうございます。

荒木　お二人ともありがとうございます。手前味噌になりますが、私どもの「アジア研究図書館デジタルコレクション」でも『水滸伝』百二十回本の撮影計画が進行中でして、すでに撮影済みの一種はすでに中原さんにも画像をご覧いただいていますので、いずれこの会合でも調査の状況をご紹介いただきたいと考えています。また、今後も撮影の済んだものから画像データをご提供しますので、ご作成中の一覧表をより充実させていただければ幸いです。

付録——主なデジタル化公開済みの清代までの『水滸伝』諸本

【凡例】

■サイト名

URL

・『そのサイトの検索ウィンドウに入れるとヒットする書名』　請求記号

版本の通称、巻数回数

オープンアクセス

■国立公文書館デジタルアーカイブ

https://www.digital.archives.go.jp/

・『李卓吾先生批評忠義水滸伝』　別031—0004

容与堂刊後修本（容与堂甲本後修本）、百巻百回

・『京本増補校正全像忠義水滸志伝評林』　308—0246

評林本、二十五巻百四回（ただし巻一から七を欠く）

・『精鐫合刻三国水滸全伝』　附001—0010
二刻英雄譜本、二十巻百十回（上段が『水滸伝』、下段は『三国志演義』）
・『忠義水滸全書』　308-0237
全書本、不分巻百二十回
・『忠義水滸全書』　308-0238
全書本、不分巻百二十回

■東京大学東洋文化研究所所蔵漢籍善本全文影像資料庫

http://shanben.ioc.u-tokyo.ac.jp/

・『新刻全像水滸傳』一百十五回　雙紅堂—小説—122
劉興我本、二十五巻百十五回（東京大学アジア研究図書館デジタルコレクションにもカラーで収録。こちらはモノクロ）
・『[英雄譜]　忠義水滸傳』　雙紅堂—小説—134
英雄譜本の一種、二十巻百十五回（上段が『水滸伝』、下段は『三国志演義』）
・『第五才子書施耐菴水滸傳』　雙紅堂—小説—123（東京大学アジア研究図書館デジタルコレクションにもカラーで収録。こちらはモノクロ）
・『評論出像水滸傳』　雙紅堂—小説—124
貫華堂本（金聖歎本の一種）、七十五巻七十回

金聖歎本の一種、二十巻七十回

- 『李卓吾先生批點忠義水滸傳』　雙紅堂―小説―120
  和刻本、一巻十回（未完）

■ 京都大学貴重資料デジタルアーカイブ

https://rmda.kulib.kyoto-u.ac.jp/

- 『忠義水滸傳』／『李卓吾先生批點忠義水滸傳』　中文貴：D/VIb/7-44/ 貴重
  石渠閣補刻本（第二回までは和刻本を補配）、百巻百回
- 『水滸伝』　4-45/ ス /1 貴
  四知館本（鍾伯敬本）、百巻百回
- 『忠義水滸全書』　中哲文 D/VIb/7-40
  全書本（郁郁堂本）、不分巻百二十回

■ 早稲田大学古典籍総合データベース

https://www.wul.waseda.ac.jp/kotenseki/

- 『忠義水滸全書』　ヘ 21 02667
  全書本（郁郁堂本）、不分巻百二十回

■ **慶應義塾大学グーグル図書館プロジェクト（KOSMOSより検索）**

https://www.lib.keio.ac.jp/

- 『第五才子書水滸傳』　14@19@1-8
  金聖歎本の一種、七十五巻七十回
- 『第五才子書水滸傳』　81@67@1-11
  金聖歎本の一種、七十五巻七十回（ただし巻六十七以降を欠く）

■ **筑波大学附属図書館**

https://www.tulips.tsukuba.ac.jp/lib/ja/node

- 『精鐫合刻三國水滸全傳』　CAL：ル385
  初刻英雄譜本、二十巻百十回（上段が『水滸伝』、下段は『三国志演義』）

■ **ベルリン国立図書館（ベルリン州立図書館）**

http://stabikat.de/DB=1/SET=7/TTL=1/SHW?FRST=1

- 『新刻全像忠義水滸傳』　Libri sin. 81
  藜光堂刊後修本（親賢堂本）、二十五巻百十五回
- 『新刻全像忠義水滸傳』　Libri sin. 101
  鄭喬林本（李漁序本）、二十五巻百十五回

■ バイエルン国立図書館（バイエルン州立図書館）

https://opacplus.bsb-muenchen.de/metaopac/start.do

- 『新刻繡像忠義水滸全傳』　Cod.sin. 25
  ミュンヘン蔵本、二十五巻百十五回（一部分しか残っていない）

■ フランス国立図書館（パリ国立図書館、BNF）「Gallica」

https://gallica.bnf.fr/accueil/fr/

- 『Xing kan jing ben quan xiang cha zen tian hu wang zhong qing zhong yi shui hu zhuan』　CHINOIS:4008
  揷增甲本（パリ揷增本）、巻数回数不明（一部分しか残っていない）
- 『Zhong bo jing xian sheng pi ping zhong yi shui hu zhuan』　CHINOIS:3994
  四知館本（鍾伯敬本）、百巻百回
- 『文杏堂評點水滸傳』　CHINOIS:3991:1
  映雪草堂本と同版（宝翰楼印本）、三十巻不分回（巻六の途中までしか残っていない）
- 『Xiu xiang han song qi shu : san guo shui hu he zhuan』　CHINOIS:3972
  英雄譜本の一種、二十巻百十五回（上段が『水滸伝』、下段は『三国志演義』）
- 『新增第五才子書．水滸全傳 Xin zeng di wu cai zi shu ― Shui hu quan zhuan. Autre titre : 征四寇傳 Zheng si kou zhuan. Le Shui hu zhuan, édition nouvelle.』　CHINOIS:4011

征四寇本の一種、十巻六十七至百十五回（金聖歎本の続編として、百十五回本の第六十七回以降だけを出版したもの）

・『鈔本　水許傳』　CHINOIS:4009

文繁本系鈔本、巻数回数不明（一部分しか残っていない）

■オックスフォード大学ボドリアン図書館「DIGTAL BODLEIAN」

https://digital.bodleian.ox.ac.uk/?#

・『〔全像水許〕』　Sinica121

牛津残葉、巻数回数不明（一葉だけしか残っていない）

■アメリカ国会図書館（米国議会図書館）

https://blogs.loc.gov/loc/2017/10/new-online-a-digital-treasure-trove-of-rare-books/

・『忠義水許全書』　PL2694 .S5 1640zb

全書本（郁郁堂本）、不分巻百二十回

・『第五才子書水許傳』　PL2694 .S5 1780

金聖歎の一種、七十五巻七十回

■ **台湾国家図書館古籍與特藏文獻資源古籍影像検索**

http://rbook.ncl.edu.tw/NCLSearch/Search/Index/1

※台湾国家図書館自体が所蔵する『水滸伝』の古い版本はないが、アメリカ国会図書館、フランス国立図書館、ベルリン国立図書館、カリフォルニア大学バークレー校図書館などの提携館との連合検索が可能で、それらの機関で画像が公開されているものはこのサイトからでも見られる場合がある。中でも、カリフォルニア大学バークレー校図書館所蔵の『忠義水滸全書』（全書本（明末郁郁堂刻清初文盛堂得版印本）、不分巻百二十回）、『忠義水滸全書』（芥子園本、不分巻百回）、『水滸四傳全書』（全書本、不分巻百二十回）の三種は、現時点ではこのサイトでしか閲覧できない模様。

■ **中国国家図書館中華古籍資源庫**

http://read.nlc.cn/thematDataSearch/toGujiIndex

ブラウザ設定の説明：https://sso1.nlc.cn/sso/fonts/nlc-help.html

長らく利用登録が必要だったが、二〇二二年十二月にオープンアクセス化した。

- 『忠義水滸傳』　12433

  嘉靖残本、二十巻百回（計八回分しか残っていない）

- 『忠義水滸傳』　10708

  石渠閣補刻遞修本（天都外臣序本）、百巻百回

・『李卓吾先生批評忠義水滸傳』17358
容与堂刊本（容与堂甲本）：百巻百回

・『李卓吾先生批評忠義水滸傳』05263
覆容与堂刊本（容与堂乙本）：百巻百回（容与堂甲本の覆刻本、計八十回分しか残っていない）

・『忠義水滸傳』16733
遺香堂本（李玄伯旧蔵本）：不分巻百回（計四十四回分しか残っていない）

・『忠義水滸傳』16294
三大寇本（無窮会蔵本と同系統の別版）、不分巻百回（計六十六回分しか残っていない）

・『忠義水滸傳』18159
芥子園本、不分巻百回

・『忠義水滸全書』18218
全書本（郁郁堂本）：不分巻百二十回

・『第五才子书施耐庵水浒传』18226
貫華堂本（金聖歎本の一種）、七十五巻七十回

・『評論出像水滸傳』14144
醉畊堂本（金聖歎本の一種）、二十巻七十回

・『新刻出像京本忠義水滸傳』18219
徳聚堂本、十巻百十五回

※他に旧北平図書館所蔵善本（現在は台北故宮博物院蔵）や天津図書館蔵本なども併せて閲覧可能。検索でヒットした本の所蔵機関がどこなのか分かりにくいので要注意（中国国家図書館所蔵の本はメタデータ画面で請求記号が表示されるが、他館所蔵資料は所蔵館を記すのみで請求記号は記していないことが多く、旧北平図書館所蔵善本はそのどちらも記さない）。

■中国国家図書館中華古籍資源庫／天津図書館所蔵分

前記のURLから中国国家図書館所蔵分と一緒に検索可能

・『忠義水滸全書』 請求記号不明
全書本（郁郁堂本）、不分巻百二十回

・『第五才子書施耐庵水滸傳』 請求記号不明
貫華堂本（金聖歎本の一種）、七十五巻七十回

・『第五才子書水滸傳』 請求記号不明
金聖歎本の一種、七十五巻七十回

あとがき

本書冒頭でも触れた通り、本書の元となったシンポジウムは、本来は東京大学附属図書館アジア研究図書館の開館に向けたプレイベントの一つとして、二〇二〇年三月に本郷キャンパスで開催すべく企画していたものでした。ところが、新型コロナウイルスの流行により延期を余儀なくされ、改めて同年八月にオンラインシンポジウムとして開催いたしました。研究資料のデジタル化をテーマとしたシンポジウムが、図らずも開催方式自体をデジタル化することになったわけです。不慣れなオンライン開催で戸惑うことも多々ありましたが、当日は百二十名近くの方にご視聴いただくことができました。当初の計画通り本郷キャンパスでの開催であれば、その半分も集まれば上出来だったでしょう。海外からご視聴いただいた方も複数いらっしゃいましたし、アンケートの回収率も高く、長文の感想や質問をたくさん寄せていただきました。これらはオンライン開催ならではの実りであったと感じております。主催組織の一員として、ご視聴いただいた皆様に、改めて篤く御礼申し上げます。

当日はひとつ独自の工夫をしておりました。それはTwitterの活用です。視聴者の皆様にシンポジウムのタイトルにハッシュタグを付けてリアルタイムで感想をつぶやいていただき、司会の私は手元に置いたタブレット端末で随時それを検索しながら進行していました。ＰＣのデュアルモニターにZoomの画面と司会用の原稿とをそれぞれ映しておりましたので、三つの画面を行き来しながら司会をしていたわけです。想像以上に疲れましたが、一部のツイートをディスカッションで取り上げることもできましたし、視聴者の感想を随時拝見しながら司会を務めるというのは新鮮で刺激的な体験で、とても励みになりました。

長引くコロナ禍により、せっかく開館したアジア研究図書館も、学外の方にはまだ自由にご入館いただくことすらかなっておりません。関係者一同、申し訳ない気持ちでいっぱいです。このような状況下では、デジタル化公開済みの資料のありがたみが一層増していることは間違いありません。とはいえ、それだけを使うのでは研究は始まらず、世界各地に散らばる関連資料を可能な限り網羅的に調査する必要があるというのは、本書で繰り返し述べられている通りです。コロナ禍は、その「可能な限り」の範囲を著しく狭めてしまいました。行きたいところに自由に行ける日常が、少しでも早く戻ってくることを願ってやみません。

最後に、アジア研究図書館の理念に賛同してU-PARLの活動に長年ご寄付を続けてくださっている上廣倫理財団様と、本書の刊行をお引き受けくださった文学通信様とに、心よりの感謝を申し上げて結びといたします。

二〇二一年九月末日

上原究一

編集後記

本書は私がはじめて編集にたずさわった本です。最後までお読みくださった方々に、この本を作ることになった経緯についてお話をしておこうと思います。本書のなかで語られていることと幾分重複もありますが、ご容赦ください。

開催までの経緯

東京大学アジア研究図書館の開館記念活動の一環として公開シンポジウムの企画を立てるよう命じられたのは二〇二〇年二月上旬のことでした。所属部門であるU-PARLにおいて私が担当している東京大学所蔵アジア関連資料のデジタル化と公開、そのなかの「水滸伝コレクション」を活用した研究活動計画がアジア研究図書館の理念である「アジア関連資料の集約と利便性の向上」、「人と人、人と資料の結節点」、「アジア研究の拠点形成」にかなうということが理由であったかと記憶しています。この理念を体現するものでありさえすればシンポジウムのタイトル、人選、講演題目などは一切任せるということでした。これは腕の振るいどころ……とふつうは思うところなのでしょうが、つい半年前まで台湾の日本語学校の一教師であった私は途方に暮れました。頼りになるのは「結節点」、「アジア関連資料の集約」というキーワードのみ。そこから、海外の研究者を招いてアジア関連資料の蔵書機関の状況やそれを利用した研究を紹介する講演をしてもらい、日本の状況と比較したり、まもなく産声をあげるアジア研究図書館の参考にさせてもらったりするという方針をなんとかひねりだしました。次なる問題は人集めです。人脈にとぼしい私でしたが、国内外の数少ない面識のあった方々に懇願のメールを送り続けた結果、日本側では小松謙さんがお引き受けくださり、海外からもどうにかおひと方より来日の同意をいただくことができました。そのまま開催に至っていれば本書に収録したものとはかなり雰囲気のちがったシンポジウムになっていただろうと思います。私の報告も、「仮想空間におけるアジア関連資料の集約例」として行うつもりであったのです。

しかし事はうまく運びません。二〇一九年年末から徐々に広がりつつあった新型コロナウイルスが二〇二〇年二月末には予断を許さぬ状況となり、国境を越える移動にはさまざまな制限がかかることになりました。講演をお願いしていた海外の先生は、帰国後二週間の隔離が義務づけられることとなり仕事に影響が出るとのことで参加とりやめとなってしまいました。

そこで急遽、登壇者をすべて国内の研究者とすることとなりました。この時点で人選は、アジア研究図書館のコンセプト云々よりも、中国古典小説の文献研究ですぐれた成果を有し、かつシンポジウム当日の来校が可能な方が最優先になりました。講演者の実績やお話しいただく内容に非の打ちどころはないと自負してはいましたが、アジア研究図書館の開館記念シンポジウムというテーマからは離れてしまうだろうとの覚悟はしておりました。

ところが、これが予想を超えてうまくまわってくれたのです。「古典小説の版本研究からわかること」なる大きな視点をご提供くださる小松さんが基調講演のように位置づけられ、その版本研究の実際を、実物の物理的特徴を仔細に見て行う中原さんのご研究、デジタルテキストデータを利用して大量に進める中川さんの比較研究と、すべての講演があたかも計算ずくであったかのようにつながり、大きな世界を提示してくれました。正直申し上げて、私はそこまで考えてはおりませんでした。信頼できる研究者をお招きしたという自信はありましたが、そこから先はすべて登壇者の方々の功績です。テーマがシンポジウムを作ったのではなく、シンポジウムがテーマを生んでくれたのです。その真ん中で感心しきりであった私はそれこそ『水滸伝』の主人公である宋江（そうこう）になったような心持ちでした。豪傑たちを梁山泊（りょうざんぱく）に集めるまでが役割で、あとはそれぞれに存分に活躍してもらうだけでよかったのです。

オンライン開催へ

あとは三月二十一日、開催当日にむけた準備をするだけ、というところであったのですが、感染症の状況は当初のあまい見通しをはるかに凌駕し、国内の移動も、多くの人を集めたイベントも控えるべき状況にまで広がっていきました。このシンポジウムも開催を無期限の延期とすることを提案し、承認されました。この時点ではオンライン開催という考えはまったく浮かばなかったと記憶しています。オンライン会議というものがあることは知っていましたが、私たちにはそのノウハウがなかったのです。

はじめて経験する緊急事態宣言を越え、五月になっても六月になっても感染症の流行は収まる気配がありません。アジア研究図書館の開館も近づき、そろそろ例のシンポジウムをという要求も強まってきました。事ここに至り、ようやくオンライン開催へと舵をきりました。大学に所属するわれわれも四月からの新学期にオンライン会議、オンライン授業と経験を積んできたこともこの決断を後押ししました。

このとき私が考えたのは三月のメンバーを再招集することでした。当初構想していた海外の来賓を招いてのシンポジウムに戻す案は浮かばなかったのです。通訳（研究分野や経験を問わない公開シンポジウムなので日本語メインで行えることが前提でした）などの技術的問題がクリアできなかったこともありますが、三月のメンバーと構成に手ごたえを感じていたゆえであったかもしれません。

このシンポジウムは当初から出席者が研究者であることを前提とした学術会議ではなく、興味のある人は制限なく受け入れる開かれたイベントとするよう求められていました。開かれたイベントとはどういうものだろう。会場形式であれば、参加申込に制限を設けない、質問用紙を用意しディスカッション時に会場からの意見をできる限りすくいあげる……などが思い浮かびますが、ありきたりと言えばありきたりです。開催方式がオンラインとなったことでなにか変えられるだろうか。使い古された表現ではありますが、インターネットの強みは同時性と双方向性です。そこで、オンライン会議システムに備わる機能を利用し、視聴者に対し、シンポジウムの進行中に、気になったことや聞きたいことを随時書き込んでくださるよう呼びかけることにしました。質問を受けた登壇者自身に余裕があれば本人から直接答えがもらえる、それができなくてもディスカッションでとりあげられる可能性があるということで、視聴者に討論に参加している感覚を持ってもらおうと考えたのです。また、私は当時部門のTwitterにいわゆる「中の人」として時折書き込んでいたので（現在は専門の担当者がおります）、シンポジウムの情報をアップするたびに「#漢籍デジタル化公開と中国古典小説の展開」を附してPRをしました。オンライン会議システムに直接書き込むのは気が引けるという方に発信手段をご案内すると同時に、こちらからも視聴者の生の声を探し当てやすくしようとしたのです。実際、自分は専門家ではないので会場形式であれば行かなかっただろうが、オンラインになったので参加もでき、感想を送ったりツイートしたりすることもできたとのご意見も頂戴しました。通常のシンポジウムと同様、終了後のアンケートも用意し、そこに感想や質問も書いてくださるようお願いしてもいたのですが、同時進行で発信されるリアルな声はまた違ったものであるはずです。また、オンライン会議システムを利用した質問や意見は他の視聴者からは見られませんが、ハッシュタグをつけたツイートであれば原則誰もが見ることができます。私たちを介してではなく、視聴者同士が直接つながることも可能です。これらは、感染症流行により大きな打撃を受けた業界のひとつであるいわゆるエンタメ業界の配信イベントや配信ライブを真似たものです。オンラインシステムを導入したことで、会場形式ではお会いすることのかなわなかったかもしれない方々と私どもがつながり、視聴者同士がつながり、また私たちとオンラインイベントのノウハウとがつながる。「人と人、人と資料をつなぐ」というテーマが思わぬところで具体化されたわけです。実は、オンライン会議システムとYouTubeをつなぎ、同時配信をすることでYouTubeのコメント機能からより多くの感想を集められるとの案も出したのですが、はじめてのオンラインシンポジウムでそこまではできなかろうということで実現はしませんでした。

登壇者の方々は予想通り、否、期待を超えてすばらしい講演をしてくださいました。視聴者の方々からも好意的な感想、前向きな質問を多く頂戴しました。それぞれがご自身の手がけている研究をご披露くださり、無理にほかの方の講演と連結させようなどとは考えていないにもかかわらず、全体としては大きな研究テーマが浮かび上がり、そのなかに個々の研究が位置づけられ、有機的につながってくれました。私も半ば所属部門の事業の宣伝を兼ねて末席を汚しましたが、その内容はそれこそ「マニアックな」、「チャカチャカと文字だけをいじくり回して」いるもので、興味のある人は好きだろうが、知らない人から見れば一体何の役に立つのかという代物です。それにもかかわらず、すでに小松さん、中原さんのお二人によって大きな世界が提示されていたゆえ、私の小さな話がその世界を形成するたいせつな一要素として存在を認められたように感じられたのです。自分の「意義」

や「位置」を無理にひねりだすことなどない、それぞれにやるべきことをやっている人々が集まりさえすれば研究は自然につながり、大きな世界を作り上げるものなのだということを強く思い知らされました。一人で必死にやっているときには、あるいは自分のやっていることの位置や価値を見失い迷うこともあるでしょう。しかし、さまざまな研究者、さまざまな研究の居並ぶなかにすわらせてもらえれば、おまえがいる位置はここなのだよと教えられ、安心することができます。宋江には宋江の存在意義がきちんとあったのです（ですから、研究者一人をつかまえて「おまえのやっていることにはいったいなんの意味があるのか」と問い詰めるようなことはどうかお控えいただきたいというのが切なる願いです。それに咄嗟に、十全に返答できる研究者はそう多くはありません）。

自画自賛になってしまいましたが、もちろんうまくいったことばかりではありません。リアルタイムで、双方向でとはいいつつ、せっかくお寄せいただいたご意見ご質問にお答えしきれたわけではありません、むしろとりあげられなかったもののほうがずっと多かったのです。また、「見逃し配信」、「アーカイブ公開」がないことへの不満も頂戴しました。オンラインイベントに慣れ親しんでいる視聴者の方々にとってはリアルタイム視聴の一回限りというのはいかにも不親切設計に感じられたことでしょう。実は見逃し配信やアーカイブ保存は準備段階で検討すらされていませんでした。私たちにとってオンラインシンポジウムとは、オンライン技術でできることをとり入れはするもののあくまで会場形式の代替手段であると無意識に思い込んでいたことに気づかされました。通常、会場に集まって行われるシンポジウムは、主催者がビデオ制作をする場合を除けばその場の一回限りです。投影資料に用いる画像のアーカイブでの再使用許可取得など、制度的にクリアすべき問題はあるものの、開かれた学術イベントを標榜する以上、私たちも今後こうした世の常識や習慣を意識してイベントを設計せねばなりません。やはりエンタメ業界の配信イベントで聞いたことの受け売りですが、「以前の形式が心地よく、やりやすく、そこに早く戻りたいと思うのは当然。でもそれはいまのやり方が仮のもの、不完全なものでいいという言い訳にはならない。いまの状態でできる最高のことはなにかを考えるのが私たちの仕事だ」と、イベントを提供する側として痛感することになりました。

シンポジウムの書籍化へ

本書にはシンポジウムの反省に発する企画も盛り込みました。当日寄せていただいたご質問のなかで、お答えできなかったもの、特に質問という形式ではなく「Twitter上で表明されたご意見で私たちが興味を持ったもの、閉会後のアンケートにお書きいただいたご意見・ご感想……これらをなんとかして受け止め、お返ししたいとの思いがあり、ご意見・ご質問の掲載に許可を下さった方に対し登壇者たちが答えるコーナーを設けました。さらに、それぞれ専門研究をもった研究者が普段どのように互いに意見を交わし、知識を高め合っているのかをなるべくありのままに見ていただけるよう座談会を収録しました。これらが、研究機関に所属しない方々に、研究をより身近に感じていただけるきっかけとなることを願っています。

本書の編集には想像以上の手間と時間を費やしました。これはひとえに本の編集などやった経験のないまま編集責任者を引き受けてしまった私の力不足と知識不足のゆえです。たとえば、講演や座談会の原稿は、作成後まず講演者・発言者ご本人にチェックしていただいたのですが、これだけでお一人につき三度もお願いしていました。その後出版社に企画の持ち込み。私のつたない説明にも理解を示してくださった文学通信さんのご厚意で出版計画がまとまり、原稿もプロの編集者の方に直していただくことになりました。修正を経た原稿がまた講演者・発言者ご本人のもとへ、これがまた三度。ほとんどの方に合計六度、多い方はさらにプラス一度や二度のお手間をおかけしてしまいました。出版社が決まればプロの編集者が初校、再校、三校と担当してくださるのだから持ち込み前にそう何度もいじることはない、そんな基本的なことすらわかっていなかったのです。最大の遺憾は、権利関係の問題をクリアできず、中原先生の講演を収録できなかったことです。遺憾であるというよりも本書の刊行を楽しみにしてくださった方々へお詫び申し上げなければなりません。素人編集者がもたもたしている間に中原先生は、本シンポジウムの講演内容を含む単著『百二十回本『水滸傳』の研究』（汲古書院、二〇二三年）を上梓されることとなりました。こちらも併せてご一読いただければ幸いです。講演者、発言者、質問を掲載させてくださった方々には、出版企画がもちあがってから長い間ひっぱりつづけてしまい、申し訳なく感じています。また、企画を持ち込んでからここまで忍耐強くご指導、ご協力賜った文学通信の岡田さん、西内さんには感謝の申し上げようもございません。

そんな迷惑をかけてばかりの編集者がほとんど唯一強く主張したのが価格のことでした。文学通信さんには当初からとにかく安くしてほしいとお願いしていました。通常、学術書は高くてあたりまえというところがあります。高くても大学図書館には入るし、研究者であれば研究費を使って買うこともできる。しかし本書は、シンポジウムにご参加くださり、「テーマには興味があります。でも専門家だらけの会場形式だったら行こうとは思わなかったでしょうが……」とおっしゃるような方々にこそお読みいただきたいと思っています。このため、自分の学生時代や、いまの仕事につくまえのことを思い出し、ちょっとがんばればおこづかいで買える程度の価格に抑えてくださいと強くお願いしました。どうかこの本が一人でも多くの「漢籍のデジタル化公開と中国古典小説の研究」に興味をお持ちの方と私たちとをつないでくれますように、そして文学通信さんのご迷惑にならない程度に売れてくれますように。

本書を手にとってくださり、最後の編集者の思い出話までお付き合いくださったあなたに、心より御礼申し上げます。

十月八日　寒露

荒木達雄識す

著者・参加者プロフィール

名前（五十音順）、読み、生年、現職、著書・論文

荒木達雄（あらき・たつお）

一九七九年生まれ。東京大学附属図書館U-PARL特任研究員。論文に「石渠閣出版活動和『水滸伝』之補刻」（『漢学研究』第三十五巻第三期、二〇一七年）、共著書に「『水滸伝』に見る侠」（上田信編『侠の歴史　東洋編下』清水書院、二〇二〇年）など。

一色大悟（いっしき・だいご）

一九八〇年生まれ。京都大学学術研究展開センターURA。著書に『順正理論における法の認識―有部存在論の宗教的基盤に関する一研究―』（山喜房佛書林、二〇二〇年）、論文に「近代日本における縁起説論争にみる人間観―説一切有部の三世両重解釈をめぐって―」（日本仏教学会編『人間とは何かII』法蔵館、二〇一九年）、「有部アビダルマ論書に対する発達史観」（『対法雑誌』第一号、二〇二〇年）など。

上原究一（うえはら・きゅういち）

一九八〇年生まれ。東京大学准教授・U-PARL兼務教員。論文に、上原究一・荒木達雄「石渠閣補刻本『忠義水滸傳』の補刻の様相について」（『中国文学報』第九十一号、二〇一八年）、「虎林容与堂の小説・戯曲刊本とその覆刻本について」（中国古典小説研究会編『アジア遊学218　中国古典小説研究の未来―21世紀への回顧と展望―』二〇一八年）、「黄蓋の武器と生死に見る『三国志演義』の形成・発展史」（『ユリイカ二〇一九年六月号　特集「三国志」の世界』青土社）など。

小松　謙（こまつ・けん）

一九五九年生まれ。京都府立大学教授。著書に『「現実」の浮上―「せりふ」と「描写」の中国文学史』（汲古書院、二〇〇七年）、『「四大奇書」の研究』（汲古書院、二〇一〇年）、『中国白話文学研究―演劇と小説の関わりから』（汲古書院、二〇一六年）、『水滸伝と金瓶梅の研究』（汲古書院、二〇二〇年）、『詳注全訳水滸伝』第一巻～第四巻（汲古書院、第一巻：二〇二一年、第二・三巻：二〇二二年、第四巻：二〇二三年）など。

中川　諭（なかがわ・さとし）

一九六四年生まれ。立正大学教授。

著書に『『三国志演義』版本の研究』（汲古書院、一九九八年）、『三国志演義読本』（共著、勉誠出版、二〇一四年）、論文に「ドイツ・ワイマール所蔵『三国志英雄志伝』について」（『三国志研究』第十五号、二〇二〇年）、「遺香堂本『三国志』について」（『狩野直禎先生追悼三国志論集』汲古書院、二〇一九年）など。

中島隆博（なかじま・たかひろ）

一九六四年生まれ。東京大学東洋文化研究所教授。

著書に『思想としての言語』（岩波書店、二〇一七年）、編著に『世界の語り方1　心と存在』（東京大学出版会、二〇一八年）、『世界の語り方2　言語と倫理』（同前）、論文に「中華の復興―中国的な普遍をめぐるディスコース」（大澤真幸等編『岩波講座　現代　宗教とこころの新時代』岩波書店、二〇一六年）など。

編 者

U-PARL

東京大学附属図書館アジア研究図書館上廣倫理財団寄付研究部門 Uehiro Project for the Asian Research Library（U-PARL）は、公益財団法人上廣倫理財団の寄付を得て 2014 年 4 月に附属図書館に設置された研究組織です。

〔1〕協働型アジア研究の拠点形成
（→プロジェクト一覧　http://u-parl.lib.u-tokyo.ac.jp/ja/about-ja/studies）
〔2〕研究図書館の機能開拓研究
〔3〕人材育成と社会還元
〔4〕アジア研究図書館の構築支援

の 4 つを部門のミッションとして掲げ、積極的な活動を行っております。

http://u-parl.lib.u-tokyo.ac.jp/

荒木達雄（あらき・たつお）

1979 年生まれ。東京大学附属図書館 U-PARL 特任研究員。
論文に「石渠閣出版活動和『水滸伝』之補刻」（『漢学研究』第三十五巻第三期、2017 年）、共著書に「『水滸伝』に見る侠」（上田信編『侠の歴史　東洋編下』清水書院、2020 年）など。

なぜ古い本を網羅的に調べる必要があるのか

漢籍デジタル化公開と中国古典小説研究の展開

U-PARL 協働型アジア研究叢書

2023（令和 5）年 12 月 8 日　第 1 版第 1 刷発行

ISBN978-4-909658-64-7　C0098　

発行所　株式会社 **文学通信**

〒 114-0001 東京都北区東十条 1-18-1 東十条ビル 1-101
電話 03-5939-9027　Fax 03-5939-9094
メール info@bungaku-report.com ウェブ https://bungaku-report.com

発行人　岡田圭介
印刷・製本　モリモト印刷

ご意見・ご感想はこちらからも送れます。上記のQRコードを読み取ってください。

※乱丁・落丁本はお取り替えいたしますので、ご一報ください。書影は自由にお使いください。